사랑의 빨간 밥차

사랑의 빨간 밥차

이선구 지음

하나님의 택배기사, (사)사랑의쌀나눔운동본부 이선구 이사장의
진솔한 삶의 이야기

벗나래

나눔으로 인도하심에 감사합니다

- 인생의 스승을 찾은 사람은 행복하다

"지금 하시는 일이 세상 사람들에게 자랑하고 싶은 게 아니라, 하나님께 보여드리기 위한 거라면 이거 하나만 기억하세요. 세상이 어떤 욕을 하고 모함과 핍박을 해도 하나님 한 분만 바라보고, 서러워하거나 변명할 것도 없이 한길로만 묵묵히 나아가세요. 회장님의 진심은 하나님만 아시면 되니까요."

정근모 박사님은 이렇게 평생 잊지 못할, 가슴을 울리는 말씀을 해주셨다. 내가 한국신장협회 회장으로 있을 때 이사장님으로 모셨던 박사님은 내가 무고한 핍박으로 힘들어할 때 앞으로 가야 할 길의 분명한 이정표가 되어 주셨다.

"목사님, 사람을 대할 때 그들이 처한 형편으로 바라보지 마시고, 주님이 보내주신 사람으로 섬겨야 합니다."

기업가이자 베스트셀러 《주께 하듯 하라》의 저자인 채의승 장로님은 내가 노숙인을 섬길 때 자칫 흐려질 뻔한 초심을 되살려주셨다. 채 장로님은 국내외에 1,000개의 교회를 세운다는 목표를 이루고자 지금도 지구촌 구석구석을 누리고 있다. 그의 사역을 향한 열정, 그리고 목적이 이끄는 삶에 다가가는 뜨거운 에너지는 내 삶의 자세까지도 완전히 바꿔 주셨다.

김장환 목사님은 보면 볼수록 사랑이 뚝뚝 넘쳐흘러 주변까지 젖게 하는 분이다. 오직 하나님의 사랑 외에는 가슴속에 담긴 것이 없는 김 목사님의 삶은 선한 목자 예수님이 짊어지신 십자가의 길이 어떠했는지를 선명하게 짚어주셨다.

종교를 초월해 사회를 하나로 아우른 세 분의 가르침은 지금도 가슴 깊이 간직하고 있다. 이분들은 사회적 아버지이자 거목이 되어 우리를 바른길로 인도하셨다. '바보처럼 살라'며 평생 '바보의 삶'을 실천하셨던 김수환 추기경님, '욕심내지 말라'는 금언으로 진정한 나그네의 삶을 보여주신 한경직 목사님, '물처럼 살다 가라'는 소신처럼 남김없이 비우고 가신 법정 스님은 모두 내 인생의 위대한 스승이다. 따를 스승이 있다는 것은 얼마나 가슴 벅찬 일인가.

- 다른 이를 채워줄 수 있어 감사하다

나는 때때로 내가 황량한 벌판에 서 있는 한 그루의 연약한 나무라고 생각했다. 사방에서 바람이 불고 가릴 것 없이 비를 맞을 때마다 곁에 아무도 없는 것 같아 외로웠다. 그러나 아버지 하나님은 그때마다 내게 말씀의 숲을 보여주셨고, 하늘로 난 환한 길을 보게 하셨다. 지금까지 곁길로 가지 않게 나를 지키시고 세워주신 하나님께 감사드린다. 내 인생의 스승들의 가르침과 자취를 따라 걸어왔을 뿐인데, 이제는 다른 사람들의 필요를 살피고 그들의 벗으로 살아갈 수 있음에 가슴 벅차도록 감사할 뿐이다.

이 책을 세상에 내놓아도 될지 나는 망설였다. 그동안 하나님의 심부름꾼으로 일해 오면서 적잖이 매스컴에도 오르내리고, 과분할 정도로 많은 상을 받기도 했다. 그때마다 하나님의 영광을 가로챈 것 같아 송구했다. 오래전부터 책을 쓰라는 권유를 받아왔으나 모두 사양했다. 자칫 내 자랑이나 내 공로로 비쳐질까 염려가 되었기 때문이다. 그런데 얼마 전에 생각을 바꾸었다. 그동안 우리 운동본부를 도와 함께 일해온 협력 업체와 동역자분들에게 받은 사랑의 빚을 조금이나마 갚고 싶었다. 다행히 책이 판매되어 수익금이 발생한다면 본부의 살림에도 보탬이 될 테니 이 또한 좋은 일이 아니겠는가.

그러나 내가 이 책을 펴내게 된 진짜 이유는 따로 있다. 낮은 자보다 더 낮은 한 소년을 부르시고 붙드셔서 당신의 동역자로 세워가시는 하나님의 측량할 수 없는 사랑을 증언하고 싶었다. '사랑'이신 그분의 섭리를 알리는 데 이 책이 조금이나마 기여할 수 있기를 소망한다.

결코 평탄하지 않은 생의 골짜기를 지나 오늘에 이르기까지 내 옆에서 동고동락해준 사랑하는 아내와 아이들에게 감사와 사랑을 전한다. 한결같은 성실과 헌신으로 운동본부의 나눔 사업을 돕고 있는 모든 분과 임직원 여러분, 그리고 (사)사랑의쌀나눔운동본부가 설립 취지대로 13년째 나눔의 사역을 계속 이어갈 수 있도록 물질과 기도와 헌신으로 동참해주신 많은 기관과 기업, 자원봉사자 한 분 한 분께 이 지면을 통해 깊은 감사를 드린다. 이 책을 출간할 수 있도록 도움을 주신 봉은희 작가와 이미희 작가, 그리고 출판을 맡아 수고해주신 호이테북스의 김진성 대표와 편집부 직원들에게도 진심으로 감사의 마음을 전한다.

예수님이 친히 이루어놓으신 일인데, 그것을 배달하고 있다는 이유만으로 칭송과 감사를 듣게 하시니 황송하다. 예수 그리스도를 구원자요 아버지로 둔 사람은 복이 있나니, 영원한 나라의 영원한 스승이신 예수님을 알고 있는 나는 세상 그 어떤 명예나 부요함도 따라올 수 없는 복을 누리는 사람이다. 이 복까지 세상 구석구석에 마저 배달하고 나면 나는 주님과 영원히 사는 처소로 마지막 이사를 할 것이다. 오늘도 나는 하나님께서 허락하신 이 은혜를 어려움 속 이웃에

게, 시설에, 그리고 마음이 열려 있는 여러분에게 속히 배달
하려 한다.

"하늘에서 보내주신 사랑의 택배 왔습니다."

저자 **이선구**

축하의 글 1

　・　《사랑의 빨간 밥차》 발간을 진심으로 축하드립니다. 책을 펴내시느라 애쓰신 이선구 (사)사랑의쌀나눔운동본부 중앙회 이사장님을 비롯한 관계자 여러분께 감사드립니다.

　'사랑의 빨간 밥차'는 서울과 인천 등 전국을 달려가 이웃을 만나고 있습니다. 현장에서 갓 지은 밥과 반찬을 필요한 이웃에게 전합니다. 이번에 발간되는 이 책은 밥차와 함께한 이들의 사연과 이야기를 담은 책입니다. 이 책이 많은 사람들의 관심으로 이어져 '사랑의 빨간 밥차'가 더 많은 사람들에게 온정을 전하길 바랍니다.

　운동본부는 이 밖에도 국내외 어려운 이웃을 위해 많은 일을 하고 있습니다. 노숙인들과 독거노인들에게는 급식을 하며 가족처럼 보살핍니다. 어려운 가정에는 사랑의 쌀과 생필품을 지원하며 힘이 되고 있습니다. '지구촌사랑의쌀독' 사업으로 세계 36개국 소외된 나라에도 도움을 주고 있습니다. 운동본부 관계자 여러분의 이웃 사랑 실천에 각별히 감사드립니다.

나눔은 더 넓게 퍼져야 합니다. 국민 모두가 행복한 사회가 되어야 합니다. 우리 사회에 아름다운 실천이 확산될 수 있도록 정부는 운동본부와 함께 앞으로 더욱더 노력하겠습니다.

저는 운동본부중앙회와 소중한 인연을 맺었습니다. 2008년 창립 당시 고문을 맡으며 매년 열리는 어린 환우들의 병원비 마련을 위한 '사랑의 콘서트'에도 함께했습니다. 노숙인들을 위한 「노숙인복지법」 제정 등 지난 10여 년간 운동본부와 함께 했던 일들을 잊지 못할 것입니다.

따뜻한 사회를 만들기 위해 애쓰시는 모든 분께 건강과 행복이 가득하기를 기원합니다.

국무총리 **이낙연**

　　•　　병이 깊어 혼자 힘으로는 돌아누울 수도 없는 중증 장애인들과 가난이라는 수렁에 빠져 슬픔에 잠긴 어려운 이들의 아픔을 내 것처럼 여기는 분이 계십니다. 이선구 이사장님은 지난 30년간 그 어떤 높은 자리에 있는 사람도 하지 못한 일을 가장 낮은 자리에서 베풀어 오셨습니다.

　　'얼마나 아플까, 얼마나 배고플까, 얼마나 필요할까…'

　　상대방의 고통에 푹 빠져 그들의 아픔을 위로하고 치유하시는 이선구 이사장님의 삶에 존경을 표합니다. 이사장님의 사랑으로 장애와 빈곤 속 힘든 삶을 이어가는 이들이 '이 험난한 세상 한번 살아가 보자' 하는 희망의 끈을 잡을 수 있었습니다. 이사장님과 그분을 통해 도움을 주는 분들은 '이 작은 것'이라고 말씀하지만, 받는 사람들에게는 목숨줄과도 같은 보물들이었습니다. 나눔의 방식을 생색내지 않으며 받는 이들이 초라함을 느끼지 않도록 배려하시는 사랑과 은혜에 감사를 표합니다. 항상 그 자리에서 조건 없는 사랑으로 섬겨주셨기에 몸과 마음이 슬픈 이들이 오늘도 소망을 품고 살아갑니다.

이선구 이사장님, 부디 건강하셔서 이 땅에 머무는 동안 변함없이 소외된 자들의 아버지가 되어 주시기 바랍니다.

중증장애인생활시설 소망의집 원장 **박현숙**

축하의 글 3

• 이선구 이사장님! 은총으로 늘 건강하시기를 기도합니다. 배고픈 아픔이 장애의 고통보다 더 아팠습니다. 일어나 걸을 수 있다면 내 발로 다니며 얻어먹기라도 할 텐데 그러지도 못하는 신세, 벗어날 수 없는 배고픔에 눈물을 흘려야 했습니다. 그런데 놀라운 일이 벌어졌습니다. 상한 갈대를 꺾지 아니하시며 메마른 누리에 풍성한 물을 주시는 '사랑의 빨간 밥차' 이선구 이사장님이 우리 곁으로 오셨습니다. 그분은 고통당하는 자들에게 '사랑의 두나미스', 즉 성령의 능력이었고, 아픔을 겪는 이들에게 '치료의 선물'을 주셨으며,

굶주린 이들에게는 가슴까지 데워주는 '밥'을 주셨습니다.

가장 낮은 자들에게 따뜻한 사랑이 되어 주시는 이선구 이사장님! 그런데 정작 그분의 어린 시절이 그토록 불우했을 줄은 정말이지 꿈에도 생각지 못했습니다. 밥을 구걸하며 거리의 삶을 살았던 한 아이가 수만 명을 먹이는 만인의 아버지로 거듭나게 된 기적에 몇 번이나 눈시울을 적셨습니다. 이 책 속에는 그렇게 차가운 세월을 살아왔음에도 다른 이들에게는 따스한 난로가 되어 주시는 이선구 이사장님의 삶이 진솔하게 담겨 있습니다. 귀한 책을 내주셔서 감사드리며, 언제나 꽃길과 함께하시길 기도합니다.

1급지체장애시설 샬롬의집 원장 박기순

축하의 글 4

2005년 여름, 문학 작가들의 모임에서 이선구 이사장님을 처음 뵈었습니다. 이사장님은 처음 오시는 자리인데도 낯선 우리에게 건강식품을 선물로 주셨습니다. 꼭 선물 때문이 아니라 저에게 이사장님의 첫인상은 인자와 덕을 갖

춘 풍모에, 나눠 주기를 좋아하는 그런 분이었습니다. 미소
띤 얼굴에서 이름 그대로 '선구자'적이면서 소외되고 쓸쓸한
사람들을 구제하는 선한 성품이 그대로 느껴졌습니다. 그로
부터 오랜 세월 옆에서 지켜보며 정말 정의롭고 헌신적이며
솔선수범의 본을 보여주는 분임을 새삼 깨닫게 됩니다.

　이제는 세계를 향해 선한 사업을 넓혀 나가시는 것을 볼
때, 지구촌이 아무리 넓어도 이사장님께는 좁기만 할 것처럼
느껴졌습니다. 특히 암 투병 중에도 남편을 돕는 사모님의
참된 사랑을 보면 저절로 머리를 숙이게 됩니다. 그 많은 사
람의 식사를 준비하고 밥차를 관리하는 일은 보통 사람으로
서는 상상도 할 수 없는 일인데, 사모님은 감히 흉내조차 낼
수 없는 일을 해내십니다. 두 분은 참으로 하나님께서 주신
특별한 달란트를 자신들의 삶 속에서 남김없이 녹여 쓰고 계
십니다.

　앞으로도 소외되고 그늘진 곳에 따스한 빛을 비추어 훈훈
하고 정이 넘치는 사회로 인도해주시기를 기도하며 두 분의
귀하고 아름다운 사역에 감사드립니다. 영혼이 잘됨같이 만
사에 형통하시며 강건하고 창대하시기를 축복합니다. 샬롬.

목사 **김영자**

　　•　이선구 이사장님은 기업인이요, 장로요, 목사이십니다. 그는 구원과 바른 도리의 옷을 입고 예로써 하나님께 임하며, 항상 크게 기뻐하고 즐거워하면서 감사의 마음으로 평생을 살고자 노력한 분입니다. 또한 예수님께서 말씀하신 하나님을 사랑하고 네 이웃을 내 몸과 같이 사랑하라는 두 계명을 몸소 실천하는 삶을 살아왔습니다. 그리고 사도 바울처럼 어떠한 역경에도 "마음을 다하여 주께 하듯 하고 사람에게 하듯 하지 말라"는 말씀을 평생 품고 살았습니다.

　　이 책은 미지의 인생길을 어떻게 살아야 하는지, 영원한 본향을 어디서 찾아야 하는지 보여주고 있습니다. 겸손하게 하나님의 말씀 앞에 지혜를 구하는 신앙인의 지침서라 생각되어 기쁜 마음으로 자신 있게 추천합니다.

대의그룹 회장, 대의미션 이사장, 대한민국국가조찬기도회 제9대 회장

채의숭

• 　예수원에서 파견되어 성공회 태백교회 사목을 하고 있을 때, 저는 사랑하는 성도가 신부전증으로 힘들어하는 모습을 보고 신장을 기증할 사람을 찾게 해달라고 함께 기도했습니다. 그러던 중 주님께서 저의 건강한 신장을 주길 원하심을 깨닫고 순종해 기증을 하면서 존경하는 이선구 목사님을 알게 되었습니다. 당시 (사)한국신장협회의 회장이셨습니다. 이후로도 목사님은 예수님의 사랑을 실천하는 긍휼 사역을 계속하셨습니다. 예수님의 오병이어의 기적과 같은 정성과 사랑의 기도로 굶주린 이웃들의 배를 채우시는 귀한 사역을 지속적으로 감당해 오셨습니다. 그 사랑과 헌신에 진심으로 감사드립니다.

이제 바라옵건대 육체를 연명하는 빵과 함께 생명의 빵이신 예수님으로 채워지는 역사가 이 목사님과 함께하시어 하나님께서 맡기신 가난한 자와 소외된 자들에게 사랑을 나누는 귀한 사역을 잘 감당해주시길 기도드리며 큰 응원과 박수를 보냅니다. 또한 그 일을 통해 매 순간 신실하게 계획하고 인도하시는 주님의 놀라운 손길을 경험하며 사랑의 열매들을 풍족하게 맺어가기를 소망합니다.

할렐루야! 사랑하고 축복합니다.

태백예수원 대표이사 **주예레미야 신부**

축하의 글 7

·   사람들에게 가끔 물어봅니다.

"행복하신가요?"

선뜻 행복하다고 말하는 사람이 거의 없습니다. 다 가진 것 같은 사람들마저도 말입니다. 각박한 세상 속에서 마음이 공허하기 때문일 것입니다.

이선구 목사님은 가진 것이 없는데도 늘 행복하고 설레는 얼굴입니다. 왜 힘든 일이 없겠냐마는 삶을 오직 나눔과 봉사에 바쳤기 때문에 그럴 것입니다. 나눔이라는 일에 종사하는 분들뿐만 아니라 삶이 공허하고 행복을 찾는 사람들에게 이 책을 권합니다. 오로지 나눔으로 관철된 한 사람의 삶을 들여다보는 것만으로도 행복에 대한 개념이 바뀔 수 있기에 이 목사님의 이 말씀은 내게 늘 힘이 됩니다.

"장훈 형제, 나를 위해 구걸하는 것은 걸인이지만 남을 위해 구걸하는 것은 성자입니다."

10년이 넘도록 이 목사님과 함께 나눔 사역을 해왔고 또 목사님을 보며 다짐해봅니다. 나는 힘든 이들을 위해 아름다운 구걸을 계속 당당하게 해나갈 것이라고. 나눔의 가르침을 늘 깨우쳐주시는 목사님께 감사드리며, 많은 사람들이 이 책 한 권으로 삶이 변화하는 기적이 일어나기를 소망합니다. 제가 그랬던 것처럼.

가수 **김장훈**

하나님의 택배기사

김소엽 (본회 운영위원, 대전대 석좌교수, 한문예총 회장)

이 척박한 땅에
하늘나라 선물이 없었다면
그 살벌함을 어이하랴

이 각박한 사회에
나누어 줄 사랑마저 없었다면
그 삭막함을 어이하랴

불과 반세기 전만 해도
가난했던 우리나라
하나님 축복으로
이렇게 잘사는 나라 되어
받는 나라에서 주는 나라 되었는데
하나님께서 그의 외아들을 세상에 보내셨듯이
우리나라에 사랑의 빨간 밥차
사랑의 선물을 가득 실어 나르는
하나님의 택배기사를 보내주셨으니
이 어찌 아니 감사하랴

당신은 하나님이 보내주신
하늘나라 택배기사

지구촌 그 어디나
굶는 사람 없게 해달라고
불쌍한 자 없게 해달라고

배고파 주려 죽는 자 없게 해달라고
하나님 긍휼한 심정으로 기도하며
지구촌 곳곳에 사랑의 쌀독을 놓고
하나님이 흘린 눈물 가득 채워지면
그늘지고 외로운 곳마다 찾아가서
그 눈물로 아픈 곳을 닦아내고 어루만지는
당신은 하나님이 보내주신
하늘나라 택배기사

하나님이 주신 귀한 선물을
택배기사는 하나도 가질 수 없어
하나라도 가로채면 도둑이라고
충직한 하나님의 택배기사 되기를
자처하는 당신은
하나님이 보내주신 진정한
사랑의 산타클로스

그 귀한 하나님의 택배기사를
하나님께서는 우리나라를 택하사
대한민국에 보내주셨으니
우리가 함께 누리는 이 축복을
이 어찌 아니 기뻐하랴

하나님 닮은 귀한 영혼을 가진 인간이기에
최소한 먹고사는 기본 행복권을 누리도록
하나님 마음으로 실행하는 사랑의 빨간 밥차여
이 세상 끝까지 사랑을 전하여
하나님 나라가 이 땅에 임하게 하소서

사랑의 빨간 밥차여
하나님께 영광을!

CONTENTS

Chapter **1**

유년의 결핍이 가져다준 시선 '밥'

유치장에 구금된 어머니

벌써 3주가 지났다. 그때까지도 나는 울지 않았다. 그런데 유치장에서 나오시는 어머니를 보는 순간 나는 내가 아닌 것 같았다. 누가 먼저랄 것도 없이 어머니와 나는 부둥켜안고 한참을 울었다.

"엄마… 나 한 번도 안 굶었어. 나 잘했지?"

"그래, 그래…."

어머니 몸에서는 퀴퀴한 냄새가 났다. 그것이 어머니의 냄새였는지 유치장의 냄새였는지는 모르겠지만 나는 어머니의 치마에 얼굴을 묻고 엉엉 소리 내어 울었다.

기억하건대 어머니는 내 앞에서 단 한 번도 우신 적이 없었다. 그날 나는 난생처음으로 어머니의 눈물 냄새를 맡았다.

어머니는 아이를 다섯이나 둔, 젊디젊은 과부였다.

이제 막 초등학교에 들어간 나를 데리고 어머니는 서울살이를 시작하셨다. 어디 하나 기댈 곳도 의지할 사람도 없는 처지였던지라, 어머니는 매일 시장에 나가 바닥에 떨어진 배추 시래기를 닥치는 대로 모으셨다. 못 쓰게 된 겉 부분은 떼어버리고 웬만큼 쓸 만한 것만 건져서는 그것으로 국밥을 만들어 노점에서 장사를 하셨다. 말이 좋아 노점이지 누군가 버린 낡아빠진 드럼통 위에 송판을 깔고 서서 먹는 초라한 시래기 국밥집이었다.

이 드럼통은 낮에는 밥상이 되고, 밤이 되면 안방이 되었다. 사글셋방 하나 구할 수 없었던 우리 모자에게 드럼통은 아주 유용한 도구였다. 드럼통 안에 연탄을 피운 뒤 그 위에 송판을 깔면 딱 안방 아랫목이 되었고, 송판 위에 요를 깔면 그대로 잠자리였다. 한겨울이 아닌 것이 다행이었다.

"선구야, 그만 자자. 오늘은 어째 더 추운 것 같다."
"엄마, 무서워….."
"괜찮다. 엄마가 있으니 걱정 말아라."

겨울이 아니어도 밤이 되면 기온이 더 내려갔다. 어느 날 어머니는 추위를 면할 생각으로 연탄불 위에 불쏘시개를 더 넣으셨다. 지금 생각하면 정말 아찔한 일이었지만 당장 먹고 살 길이 막막한 우리 모자 같은 사람들에게는 안전에 대한 걱정도 사치였다. 익숙해지면 위험조차도 무심해질 정도로 우리는 춥고 가난했다.

어린애가 그 무슨 험한 일을 했다고 그리 곯아떨어졌는지, 나는 세상모르고 깊은 잠에 빠졌다. 자면서도 왠지 다른 날보다 바닥이 더 뜨겁다고 느껴지는 순간, 어머니가 나를 깨우셨다. 어젯밤에 더 넣어둔 불쏘시개가 드럼통을 덮고 있는 송판에 옮겨 붙으면서 이부자리를 홀랑 태웠던 것이다. 한순간에 큰불이 나고 말았다.

당시에는 불이 나서 소방차가 출동하면 화재를 낸 사람이 벌금을 물어야 했다. 그러나 우리는 벌금은커녕 다음 날 잠을 잘 곳조차 없는 처지였다. 연신 고개를 수그리며 사정하고 빌었지만 무섭고 높은 곳에 있는 법은 없는 사람들의 사정 따위는 봐주지 않았다. 그대로 어머니는 서대문경찰서 유치장에 갇히셨다.

한창 어머니의 손길이 필요했던 초등학생 아이를 돌봐줄

사람은 아무도 없었다. 졸지에 나는 '어린이 노숙자'가 되었다. 어머니가 없는 동안 나는 처음으로 혼자 떠돌아다니며 끼니를 해결해야 했다. 누구 하나 의지할 사람이 없는 아이는 일찍 철이 든다고 했던가. 그때부터 나는 누가 시키지도 않았는데 혼자 단단해져 갔다. 어쩌면 그때가 내 인생에서 쌀과 밥을 얻으러 다니는 앵벌이의 시작이었는지도 모르겠다. 어쩌면 그것이 쌀과 밥을 최대한 많이 확보해야 하는 인생의 서막이었는지도 모르겠다. 그런데 신기하게도 작은 사내아이에 불과했던 나는 하루도 굶지 않았다.

학교에 갈 생각은 해본 적도 없었다. 눈만 뜨면 밥을 먹을 수 있는 곳을 찾아다녔다. 동네 형들을 쫓아다니기도 하고, 당시 논밭이었던 불광동 냇가에서 올챙이가 눈을 뜨면 검정 고무신에 떠다가 미동초등학교 앞에서 팔기도 했다. 호기심에 꼬맹이들이 제법 모여 들면 코 묻은 돈을 받고 팔아 빵 한두 개와 국수 한 그릇 정도가 되곤 했다. 혼자 끼니를 때울 때마다 어머니 생각이 났지만 어머니가 어디 계신지 알고 있으니 그래도 견딜 만했다. 그나마 몸을 누이던 드럼통마저 홀랑 타버렸으니 잘 곳도 없는 신세, 남의 집 처마 밑이나 창고에서 자는 일이 허다했다.

그렇게 한 끼를 먹고 나면 유치장으로 달려가 어머니에게 내 활약상을 자랑했다. 그 당시 어린 마음에도 나 자신을 단련시킨 한 가지 결심이 있었다.

'엄마가 나오실 때까지 엄마의 근심이 되지 않아야 한다.'

다행히 산해진미를 찾아 먹는 것도 아니었으니 내 입 하나 해결하는 것은 큰 문제가 되지 않았다.

나와 성씨가 달랐던 형과 누나들

아버지에 대한 기억은 거의 없다. 그래서 그리움도 없다. 어릴 때 떠듬떠듬 어머니에게서 들은 이야기 속에서만 아버지는 존재하다 사라지곤 했다.

어머니의 첫 남편은 형과 누나 4남매를 남기고 세상을 떴다. 그 젊은 나이에 아이 넷을 키운 어머니의 모습은 상상만 해도 아찔하다. 그 매일매일은 삶이라고 부를 수도 없는 처절한 밑바닥 인생이 아니었을까? 그러던 중 유부남이었던 나의 아버지가 어머니의 마음을 흔든 것이다. 논산훈련소 구내식당 주보를 담당했던 아버지는 돈을 꽤 잘 벌었다. 어머니는 나를 낳고 나서야 아버지에게 본부인이 있다는 사실을 알게 되었다. 내가 돌이 막 지날 무렵 본부인이 찾아왔다고 한다.

"애 이리 줘. 멀쩡한 남의 남편 홀린 게 뭐 잘한 일이라고 고집을 부려?"

"무슨 어깃장이에요. 나를 속인 건 애 아빠이고, 이 아이는 내 목숨입니다. 내가 죽기 전에는 절대로 못 줍니다."

어머니는 나를 꼭 끌어안으셨고, 본부인은 데려가겠다고 나를 잡아당겼다. 그러다가 순식간에 포대기에 싸여 있던 나를 놓치고 말았다. 나는 뜨겁게 볶고 있던 보리쌀 솥단지 안으로 뚝 떨어졌다. 황급히 나를 들어 올려 다행히 큰 화는 면했지만 그 바람에 나는 오른쪽 옆구리에 보리쌀 한 소쿠리만큼의 널찍한 흉터를 갖게 되었다. 70년이 다 되어가지만 옆구리에서 가슴께 사이로 보리쌀 자국이 아직도 선명하다.

그 후에도 내가 대여섯 살 때까지는 아버지가 간간이 오셨던 것 같기는 하다. 그러나 그것으로 나와 아버지의 모든 관계는 끝이 났다.

현재 여든다섯 살이신 큰누님은 파독 간호사로 건너가 지금까지 독일에서 60년 넘게 살고 계신다. 나와는 지금도 자주 연락을 하고 있으며, 독일에서 어머니를 10년간 모시기도

했다. 20대의 젊은 나이에 생을 마친 둘째 누나는 미용 일을 했었다. 내 머리를 곧잘 다듬어주기도 하면서 나를 유독 예뻐했다.

그러나 형들로부터는 보이지 않는 설움을 많이 받았다. 어릴 때였다. 한번은 직업군인이었던 형을 만나러 간 적이 있었는데, 남들의 눈을 의식해서인지 형은 성이 다른 나를 친척 동생이라고 소개했다. 어린 마음에 어지간히 상처가 되었다. 이런저런 사실을 알지 못했던 나는 어릴 때 가끔 어머니에게 물었다.

"엄마! 형들과 누나들은 김씨인데, 왜 나는 이씨야?"

어머니로부터 시시콜콜한 이야기를 죄다 듣지는 못했다. 어머니가 침묵하실 때는 나도 왠지 눈치가 보여서 더는 캐묻지 않았다. 마음 편히 기댈 곳이 없어 고생을 많이 하신 어머니는 가끔 내게 뭐 하나 변변하게 해준 것이 없다며 한탄하곤 하셨다. 그럴 때는 꼭 그 말을 하셨다.

"그때 내가 널 그 집으로 보냈어야 했는데…."

"어머니, 절대 그런 말씀 마세요. 저는 고생해도 어머니랑 같이 사는 게 제일 좋아요."

얼마 전 내 몸 옆구리에 새겨진 보리쌀 자국을 보며 묘한 생각이 들었다. 아이 때 육신의 아버지에게 버려지고 거리에서 밥을 구걸했던 소년이 어른이 되어 지금은 가족들과 사회로부터 외면당한 이들에게 밥을 먹이고 있다는 사실이 모순적이지 않은가. 끼니를 해결할 방법이 없어서 쓰레기통을 뒤지거나 구걸을 하는 어린 노숙자였던 내가 이제는 끼니를 꾸리지 못하는 사람들을 살리는 일에 쓰임을 받고 있으니 말이다. 이 모든 것은 마치 하나님 아버지가 마지막 퍼즐 한 조각을 제자리에 놓기 위한 포석이었다는 생각이 든다.

초대받지 않은 하객

고향을 떠나 서울에 온 건 둘째 누나 때문이었다. 어머니는 당시 폐결핵에 걸려 죽어가는 누나를 고쳐보겠다고 서울에 올라오셨다. 그렇게 서대문에 있는 적십자병원에 누나를 입원시켰지만 안타깝게도 누나는 완쾌되지 못한 채 그의 어린 아들을 남기고 우리 곁을 떠났다. 채 피기도 전에 병으로 세상을 등진 딸을 보내는 어머니의 심정이 어땠을까마는 나중에서야 조금씩 생각이 났다. 너무 어려서 그런지 누나의 죽음이 내 가슴에 슬픔으로 깊이 고이지는 않았다. 그저 어머니와 이제는 낯선 곳에서 자리를 잡아야 한다는 싸늘한 현실만이 나의 어두운 내일을 예고하고 있는 듯 느껴졌을 뿐이다. 그렇게 한기 가득한 서울살이가 시작되었다.

그 병원에서 나는 난생처음으로 바나나를 보게 되었다. 누나를 병문안 온 사람 중에 누군가가 가져왔던 것 같다. 알맹이는 다 먹고 흐물흐물한 껍질뿐이었는데, 버려진 껍질에도 달콤한 향이 남아 내 코를 찔렀다. 홀린 듯 쓰레기통으로 다가간 나는 거무스름하게 색이 변한 바나나 껍질을 재빨리 주웠다. 요즘이야 바나나가 흔하디흔한 과일이지만 그때는 바나나라는 과일이 있는지조차 몰랐다. 나는 누가 볼세라 그 껍질 안쪽에 붙어 있는 실 같은 섬유질까지 모조리 훑어 먹었다. 얼마나 훑었는지 나중에는 바나나 껍질이 얇은 종잇장처럼 너덜너덜해졌다.

그때 못 먹은 바나나에 한이 맺혔는지 나는 우리 아이들에게 바나나를 수도 없이 사다 날랐다. 그 바람에 식구들은 하도 물려서 바나나를 쳐다보지도 않게 되었다.

"엄마, 여기가 우리 집이에요?"

"그래. 싫으냐?"

"아니, 나는 엄마하고만 살면 다 좋아."

가난에도 더 낮은 바닥이 있다. 누나의 장례를 치르고 완전히 빈털터리가 된 우리 모자는 더는 갈 곳이 없었다. 어찌 어찌 물어물어 우리는 와우산 꼭대기에 토굴집을 짓고 살았다. 산꼭대기에 사람이 누울 만큼 땅을 파고 함석과 널빤지를 깔아 만들었다. 너나없이 모두 빈궁한 나날이었다.

어머니는 역시 여장부셨다. 전문가의 손길 따위는 필요 없었다. 주먹구구로 어설프게 만들어 여기저기 막은 틈새로 흙부스러기가 쏟아지곤 했지만 그것도 우리 집이라고 하니 마음에서부터 작은 온기가 느껴지는 것 같기도 했다. 어디서 소문을 들었는지 간신히 하루 벌어 입에 풀칠하는 이들이 산꼭대기로 하나둘 모여들어 위태로운 집들이 점차 늘어갔다. 그곳 집단 빈민가에서 나는 어린 시절을 보냈다.

그 후에 이사를 간 동네는 아현동 너머에 있는 대흥동이었다. 이번에는 절벽 아래에 무허가 움막집을 지었다. 노고산 자락에는 넝마를 줍는 극빈자들이 수두룩했다. 동네 목수들과 함께 여기저기서 송판으로 집 짓는 소리가 쉬지 않고 들려왔다. 그마저도 중학교 1학년이 되었을 때 모두 철거되었다. 그리고 곳곳에서 철거로 인해 갈 곳을 잃은 사람들이 관악산 아래인 신림동에 모여들어 철거민 집단촌이 형성되었다. 학교에 가려면 족히 20리는 걸어야 했다.

야간 중학교에 가서도 나는 검정 고무신을 면치 못했다.

처지가 조금 나은 친구들은 왕자표 흰 고무신이나 운동화를 신고 다녔다. 요즘 초등학교 아이들이 교실에서 신는 실내화 같은 신발이다. 나는 운동화를 신은 아이들이 무척 부러웠다. 그러나 어머니에게 신고 싶다는 말을 해본 적은 없다. 어머니 마음만 아프게 할 뿐, 조른다고 흰 운동화가 나올 리 없다는 것을 어린 나이이지만 알았던 것이다.

어린 시절의 내 모습을 그려보라고 하면 구두닦이나 신문팔이에 영락없는 노숙자 꼴이었다. 구두도 닦고, 껌과 개비담배도 팔았다. 밥벌이, 돈벌이라면 무엇이든 했다. 어린 나이였지만 소위 도둑질을 빼고는 안 해본 일이 없었다.

그러던 중 나는 맛있는 밥을 실컷 먹을 수 있는 기발한 생각을 해냈다. 어떻게 그런 생각이 떠올랐을까. 근처에는 몇 군데 예식장이 있었다. 나는 결혼식이 있는 예식장이면 무작정 들어가 신랑 신부의 친척 아이 행세를 하고 밥을 얻어먹었다. 가끔은 답례품으로 주는 찹쌀떡도 받아 올 수 있었고, 재수가 좋은 날은 보송보송한 수건도 받아 왔다. 물론 언제나 성공하는 것은 아니었다. 일일이 얼굴을 확인하는 경우에는 들키면 그대로 얻어맞고 내쫓겼다. 그래도 그곳에 가야

배불리 먹을 수 있었기에 발길을 완전히 끊을 수는 없었다. 우미예식장과 노라노예식장이 나의 주 활동 무대였다. 두 곳을 얼마나 자주 드나들었던지 몇 사람이 전담하던 주례사를 달달 외울 정도였다.

불량소년이 금란교회로

열 살 무렵 나는 처음으로 교회라는 곳에 나가게 되었다. 가장인 어머니는 밥벌이를 위해 늘 밖에 나가 계셨다. 어머니가 아실 리 없으니 나는 자연히 학교에 안 가는 날이 많아졌다. 노고산 자락 철길이 있던 동네에는 나뿐만 아니라 소위 넝마주이촌의 불량 청소년이 많았다. 누가 먼저랄 것도 없이 나는 동네 형들과 곧잘 어울려 지냈다.

형들은 대부분 큰 대바구니를 등에 걸치고 종이부터 공병까지 돈이 될만한 것들을 수거해 고물상에 파는 넝마주이들이었다. 집게 하나씩을 들고 거리를 쏘다니며 눈에 띄는 것은 모두 주워서 등에 진 바구니에 집어넣었다. 심할 때는 남의 집 빨랫줄에 널어놓은 옷까지 죄다 집어넣고 달아나기도

했다.

그날도 어김없이 형들을 따라나섰다가 해 질 녘이 되어서야 집에 들어왔다. 그런데 다른 날과 달리 집안 공기가 사뭇 달랐다. 평소 같으면 집에 사람이 없을 시간인데 뜻밖에도 어머니가 눈앞에 서 계셨다. 나도 모르게 어색한 인사가 흘러나왔다.

"학교 다녀왔습니다…."

어머니는 한마디의 대답도 없었다. 평소에도 그리 살가운 어머니는 아니었지만 그날은 유독 느낌이 싸늘했다. 어머니는 나를 꽉 잡더니 지난번 장마 때 무너지지 말라고 세워둔 처마 기둥에 나를 묶으셨다. 그러고는 어디선가 몽둥이 하나를 주워 오더니 기둥에 묶여 꼼짝 못 하는 나를 사정없이 때리셨다. 거의 반 죽겠다 싶을 정도로 흠씬 두들겨 맞았다. 어머니도 힘에 부쳤는지 몽둥이를 저만큼 던지고는 절망에 찬 모습으로 울음을 터트리셨다.

"애비도 없이 고생하며 널 키웠는데, 학교에 안 가고 나쁜 놈들하고 어울려 다녀? 오늘 너 죽고 나 죽고 같이 죽자. 더 살아서 뭐하냐!"

졸지에 당한 일이라 가슴이 벌렁거리고, 맞아서 아픈 것보다 난생처음 본 어머니의 노기 띤 모습에 놀라 머릿속은 복잡하기만 했다.

'내가 학교에 안 간 걸 어찌 아셨지? 언제부터 아셨을까? 그럼 그동안 알고도 모른 척하신 건가?'

"이놈아. 네가 말 안 하면 모를 줄 알았냐? 오늘 학교 선생님이 가정방문 한다고 다녀가셨다. 도대체 언제부터 학교에 안 간 것이냐, 언제부터! 내가 몰랐으면 대체 언제까지 숨기고 그런 놈들과 어울려 나쁜 짓을 하려고 한 건데!"

아프기도 아팠지만 밖에 나돌아 다니느라 어머니가 고생하신다는 사실을 까맣게 잊고 있었다는 데 생각이 미치자 걷잡을 수 없는 눈물이 터져나왔다. 나는 소리 내어 흐느끼면서 싹싹 빌고 또 빌었다.

"엄마, 잘못했어요. 잘못했어요! 진짜 다음부턴 안 그럴게요. 용서해주세요. 잘못했어요, 엄마."

어머니는 그대로 주저앉으셨다. 맞은 곳을 손바닥으로 비비며 훌쩍거리던 나는 미안한 마음 한편에 억울하다는 생각이 들었다. 차마 어머니에게 말은 안 했지만 내 나름대로 학교에 가지 않았던 분명한 이유가 있었기 때문이다.

사건의 전말은 이랬다. 나라에서 한창 밀주를 단속하던 때였다. 그래도 어머니는 생계 때문에 단속을 피해 계속 밀주를 빚어 파셨다. 끼니 걱정에 바쁜 어머니가 못 챙기셔서 혼자 밖을 기웃거리며 먹을 것을 해결하기는 했지만 한창 먹성 좋을 나이여서인지 나는 늘 배가 고팠다. 아침이 오면 배에서 꼬르륵꼬르륵 소리가 났다. 어머니는 일하시느라 내게 눈길 줄 짬도 없으신 듯했다.

그때 마침 눈에 띈 것이 어머니가 밀주를 만들고 난 뒤 남은 술지게미였다. 술지게미에 사카린이라고 하는 감미료를 넣어 배가 부를 때까지 먹었다. 달콤해서 꽤 먹을 만했고, 배도 든든히 차니 그제야 학교에 갈 기운이 나는 것 같았다. 먹을 때까지는 몰랐는데 얼큰하게 취했었나 보다. 수업 시간에 내 입에서는 술 냄새가 진동하고 얼굴이 벌겋게 달아올랐다. 나도 모르게 눈꺼풀이 무겁고 정신이 몽롱해졌다. 그때 선생님이 다가오셨다. 그러더니 다짜고짜 나를 때리셨다.

"이 자식 봐라. 어린놈이 뭐가 되려고 학교에 술을 처먹고 와! 안 일어나!"

벼락같은 불호령에 뺨을 두어 대 맞았더니 정신이 번쩍 났다. 그렇다고 어머니가 밀주를 만들어 팔았다는 말을 할 수도 없고, 나는 묵묵히 견디며 몇 대 더 매를 맞았다.

그날로 나는 학교에 발길을 끊어버렸다. 선생님의 입장에서는 당연히 화가 날 만한 상황이었겠지만 내게 왜 술을 먹었냐고 한 번만 물어보셨으면 어땠을까 하는 아쉬움이 지금도 남아 있다.

그날 밤 어머니나 나나 쉽게 잠이 들지 못한 채 아침이 왔다. 어머니는 교회에 다닌다는 동네 누나들에게 물어 인근의 금란교회로 나를 데려가셨다. 당시 어머니는 불교 신자셨는데 말이다. 그날이 마침 부활주일이었다. 처음 간 교회에서 나는 소위 문화 충격을 받았다. 모든 아이에게 달걀을 나눠주었는데, 흰 달걀만 보고 자란 나는 알록달록한 색깔의 예쁜 달걀을 보는 순간 어찌나 신기하던지 단번에 마음을 빼앗기고 말았다. 그리고 더욱 나를 사로잡은 것은 유년 주일학교의 여자 선생님이었다. 상냥하게 노래를 가르쳐주시는 모습이 얼마나 예쁘고 따뜻하던지 대번에 나는 교회에 적응해버렸다.

"선생님! 저는 이제 집도 싫고 학교도 싫고, 교회에서 살래요."

그 후부터 정말 나는 툭하면 교회에 가서 살았다. 언제나 어두침침하고 냉기가 흘렀던 집과는 달리 교회는 언제나 환하고 깨끗했다. 항상 우중충한 곳에서 살던 나는 이런 천국이 어디에 있다가 이제야 내 앞에 나타났나 생각했다. 더 빨리 교회를 알지 못한 것이 아쉬웠으며, 예배가 끝나갈 때면 남은 시간이 아까워 미칠 지경이었다. 그 교회에 3년 정도 다녔다. 살던 동네가 모두 철거되어 다른 곳으로 이사를 해야 했기 때문이다.

이후 국가 차원에서 관악산 줄기인 신림동과 봉천동에 철거민 집단촌이 생겨났다. 그때 신림동은 서울이 아니라 경기도였다. 말이 철거민촌이지 큰 군부대 천막을 하나 쳐놓고 그것을 4등분해서 네 가구가 살도록 만든 천막집이었다. 그런 천막이 다닥다닥 붙어 있었다. 내게 삶이란 나아지는 것이 아니라 그저 옮겨가는 것일 뿐이었다.

번번이 죽다 살아나다

이름뿐이었던 아버지가 호적에 올린 내 생일은 12월 25일이다. 인류의 죄를 대신 지고 우리를 자유케 하신 구세주의 탄생일인 크리스마스에 내가 태어났으니, 주변 사람들은 출생신고부터 이미 나는 구원받은 자녀라고 말하며 웃는다. 그래서일까. 나는 정말 여러 번 죽을 고비를 넘겼다.

"어린 학생이 대견하네."
"넌 나중에 꼭 성공할 거다. 젊어 고생은 사서도 한다니 실망하지 말거라."

학창 시절 내내 나는 직접 학비와 생계를 책임졌다. 학교가는 시간을 빼고는 방산시장 도매점에 가서 장사할 품목들을 사들였다. 주변의 어른들은 그런 내가 대견했는지 그냥 지나치지 않고 한마디씩 꼭 덕담을 해주셨다.

비가 오는 날이면 대나무로 중심 막대와 살을 만든 파란 비닐우산을 팔았다. 여름에는 아이스케이크를 팔고 다녔다. 구두닦이를 할 때는 남의 지역을 침범했다고 얻어맞는 일도 있었다. 한동안은 학교에 가기 전에 신문 배달을 했다. 빈 병을 수집해서 파는 고물장수도 해보았고, 껌, 개비 담배, 볼펜 등을 가득 담은 가방을 들고 버스에 올라 파는 일도 했다. 부끄러움 따위는 내게 아무것도 아니었다. 안 해본 장사가 없을 정도로 먹고사는 일은 그렇게 치열한 전쟁이었다.

별수 없이 학교는 야간 중고등학교에 다녔다. 학창 시절 내내 새로 산 내 물건이라고는 구경을 해본 적이 없었다. 책가방부터 교복, 신발까지 모두 얻어다 써서 더는 해질 곳이 없을 정도로 닳고 닳은 것들이었다. 옷이든 가방이든 가장자리는 늘 너덜너덜했고, 교복은 하도 물려 입어서 번들거렸다.

교복을 얻어 입을 때는 일부러 큰 옷을 골랐다. 그때까지는 내 키가 여기에서 멈출 줄은 몰랐다. 그때는 지금보다 더

작았다. 그러나 사내애들은 한 해가 다르게 쑥쑥 큰다기에, 나중에 클 때를 대비해서 1학년 때는 소매와 바지 밑단을 안쪽으로 길게 접어 넣고 살짝 바느질로 고정했다. 남들보다는 더뎠지만 그래도 한해 한해 키가 조금씩 자랐다. 그때마다 안으로 접어 넣었던 밑단들을 밖으로 조금씩 늘려 3년을 입었다.

당시에는 천막으로 지은 집에 살았다. 낮에는 날품팔이 장사를 하고 밤에 학교까지 다녀오면 그야말로 몸은 천근만근 녹초가 되었다. 그러나 나는 빈손으로 귀가하는 날이 거의 없었다. 십구공탄 한 장을 새끼 꾸러미에 끼우고 좁쌀, 보리쌀, 흰쌀을 한 홉씩 사서 집으로 돌아왔다. 하루 벌어 하루 사는 나날이었다. 눕기만 하면 아침이 왔다.

하루는 잠자리가 몹시 불편하고 호흡이 가빠왔다. 그런데 이게 웬일인가. 사지 멀쩡하게 다 큰 사내놈이 창피하게 오줌을 싸고 만 것이다. 일어나서 무슨 일인지 확인하려는데 몸이 말을 듣지 않았다. 알고 보니 갈라진 방바닥 틈새로 밤새 연탄가스가 새어 나오고 있었던 것이다. 연탄가스에 심하게 노출되면 자기도 모르게 방뇨를 할 수도 있다는데, 우리 모자가 그 지경까지 이른 것이었다.

다행히 이웃에서 먼저 챙겨주었다. 늘 아침 일찍 거동하던 우리 모자가 그날따라 늦도록 기척이 없자 이상히 여겨 우리 집을 찾아온 것이다. 정말 고마운 분들이었다. 방문을 열자마자 독한 연탄가스에 노출되어 축 처져 있는 우리를 발견하고 서둘러 깨웠던가 보다. 그나마 젊었던 나는 동치미 국물을 마시고 하루 만에 정신을 차렸지만 어머니는 이튿날이 되어서야 깨어나셨다. 그렇게 죽음의 경계선에서 호흡이 너울거리는 사건 사고들은 한두 번으로 끝나지 않았다.

중학교 2학년 때였나. 나는 다방 같은 곳을 돌아다니며 한동안 껌, 볼펜, 개비 담배를 팔았다. 그때 터득한 비결이 하나 있었는데, 연애 중인 연인들 앞에서 물건을 파는 것이었다. 경험이 쌓일수록 혼자 있는 사람보다는 연인들에게 다가가면 물건이 더 잘 팔린다는 사실을 알게 되었다. 특히 마음에 드는 여성을 앞에 둔 남자들은 대부분 상대에게 멋있게 보이고 싶은 마음에, 내가 앞에 서 있으면 바로 물건을 사주었다.
경험으로 얻은 통계 결과에 확신과 잔재미가 든 나는 그날도 커플로 보이는 사람들의 탁자 가까이 다가갔다. 삼각지 근처의 한 다방이었다. 들고 있던 가방을 탁 열고 물건을 보여주며 남자의 시선을 바라보았다.

"아저씨! 껌 하나 팔아주세요."

"그래? 그럼 이거 하나 사줄 테니 엎드려 절해봐."

"…?"

"철썩!"

나는 숨 돌릴 새도 없이 남자에게 세차게 뺨을 맞았다. 눈물이 핑 돌았지만 여기서 내가 울어야 하는지 아닌지조차 분간하기 어려울 정도로 놀란 채 그냥 서 있었다. 이건 아닌 것같은데 뭐라고 해야 할지 할 말도 떠오르지 않아 얼얼하게 아픈 얼굴을 비비고 있는데, 그 남자는 더욱 기세가 등등했다.

"쪼그만 게 어디서 물건을 팔아? 안 꺼져?"

"안 사면 그만이지, 때리긴 왜 때려요?"

어린놈이 대든다고 느꼈는지, 남자는 내 가방까지 집어 던지려 했다. 울먹거리는 목소리로 항변했지만 애초에 말이 통하지 않는 사람 같았다. 손님을 잘못 고른 것이다. 불량배였다. 돈을 벌어야 한다는 욕심에 분위기를 파악하지 못하고 접근한 내 불찰이었다. 아차 싶었지만 돌이킬 수 없는 일이었다. 남자는 대체 뭐에 심통이 났는지 나를 향해 세상에 없을 갖은 욕을 하며 소리를 질렀다.

어디에 눈을 둬야 할지 몰라 당황하면서도 나는 떨리는 손으로 가방을 움켜쥐고 도망치듯 뛰쳐나왔다. 어쩌다 이런 상황이 벌어졌는지 정신을 차릴 수가 없었다. 그저 많은 사람 앞에서 중죄인처럼 뺨을 맞은 것이 너무나 창피하고 억울하기만 했다. 참을 수 없는 울화와 서러움으로 눈물을 주체할 수가 없었다.

무작정 걸었다. 한참 걷다 보니 제1 한강교 위였다. 도대체 내가 무슨 잘못을 했다고 이런 비참한 일을 겪어야 하는지 이해할 수가 없었다. 나는 서 있는 한강 다리에서 뛰어내려야겠다는 생각밖에 없었다. 얼마나 서러웠는지 어머니도 떠오르지 않았다.

그때 하나님 생각이 났다. 그런데 위로가 되는 것이 아니라 더 원망스러웠다. 하나님이 정말 계신다면 내게만 이럴 수는 없었다. 정말이지 그 순간은 살고 싶은 생각이 싹 사라졌다. 어서 저 강물에 몸을 던져 이 서러운 삶을 끝내고 싶다는 생각밖에 들지 않았다. 어디로 떨어져도 아쉬울 것 없는 하찮은 삶이었고, 무엇을 위해 그리 동동거리며 살았는지 모든 것이 부질없이 느껴졌다.

그렇게 펑펑 울며 비장한 결심을 하고 있는데, 내 안에서 목소리 하나가 들려왔다.

"두려워하지 말라 내가 너와 함께함이라 놀라지 말라 나는 네 하나님이 됨이라 내가 너를 굳세게 하리라 참으로 너를 도와주리라 참으로 나의 의로운 오른손으로 너를 붙들리라."

나중에 알고 보니 이사야 41장 10절 말씀이었다. 정신이 번쩍 들었다. 주변을 돌아봐도 내게 가까이에서 그런 말을 들려줄 사람은 보이지 않았다. 멍하니 있다가 마음을 추스른 후 나는 집으로 돌아왔다. 묘하게 마음이 시원했다.

이후에도 두어 번 더 한강 다리에 간 적이 있었지만 그때마다 이 말씀이 떠올라 집으로 돌아왔다. 죽을 뻔한 순간마다 나를 되살려놓으시는 하나님이셨다. 지나고 보니 그 또한 하나님께서 강인한 나를 만드시기 위한 훈련이었다는 것을 알 수 있었다.

죽어야 산다! 이는 기독교의 핵심 교리다. 삶도 마찬가지다. 고집 센 내 자아가 죽어야 비로소 천국을 누리며 살 수 있다. 가난과 벗하며 분주히 살던 내게도 가난한 심령 대신에 견고하게 진을 치고 있는 내 안의 죄악과 아집이 펄펄 살아 있었던 것일까? 나는 여전히 고집이 세고 보잘것없는 교만한 인간이었다.

비가 오면 나는 설교를 한다

중학교에서 나는 종교부장을 맡았다. 이사를 가서 새로운 교회에 딱 한 번 출석했을 무렵이었다. 미션스쿨이었던 학교에는 종교부장이라는 직책이 있었다. 내가 교회에 다니는 것을 알고 있던 짝꿍이 말도 없이 내 이름을 추천하는 바람에 얼떨결에 나는 종교부장이 되고 말았다. 딱히 하는 일은 없었지만 그래도 왠지 함부로 살면 안 될 것 같은 혼자만의 거룩한 울타리를 세우는 계기가 되었다.

중학교 2학년 여름쯤 신림동 철거민촌으로 이사를 한 나는 장재덕 전도사님이 개척하신 작은 교회에 출석하게 되었다. 군부대 천막으로 교회를 세운, 말 그대로 천막교회였다. 교인이라고 해봐야 열댓 명 남짓이었다. 주일 낮 예배와 수

요예배, 이렇게 두 번이 주 예배 시간이었다. 전도사님은 아주 열정적인 분이었다.

교회가 천막이다 보니 비가 올 때가 문제였다. 비가 오면 관악산 아래는 늘 하천물이 범람했다. 천막촌과 교회 사이에는 개울이 몇 개 있었는데, 군데군데 바위가 있어서 휘몰아치는 물살의 세기가 대단했다. 얕은 개울이었지만 비가 많이 오는 날에는 쉽게 건널 수 없을 만큼 물이 불어났다. 연로한 노인이나 여학생들은 장정들이 업어서 건너편으로 데려가야 했다. 웬만큼 중심을 잡을 수 있는 체력이 아니면 건너다가 같이 넘어져 아래로 떠내려가는 일도 왕왕 있었다.

장대비가 그치지 않는 날이면 전도사님은 불어난 개울을 건너지 못해 교회에 오지 못하셨다. 발만 동동 구르던 전도사님은 개울 건너에 서 있는 내게 소리치셨다.

"선구야! 오늘은 네가 설교해!"

그런 날은 핑계를 댈 수도 없었다. 나이는 어려도 교회의 출석 교인 중에서는 꽤 고참 축에 끼었으니 전도사님의 뜻을 거스르기도 쉽지 않았다. 순종하는 마음으로 할 수 없이 전도사님 대신 앞으로 나가 강대상을 겸하고 있던 보면대 앞에

섰다. 설교라고 해봐야 쪽복음서를 들고 말씀을 읽은 후 내 느낌을 말하는 정도였다.

그런 일이 몇 번 있다 보니 어르신들은 나를 위로한다며 강대상에서 내려오던 나를 향해 '작은 이 목사'라고 불러주셨다. 그런데 이상하게도 목사라는 그 호칭이 아주 싫지는 않았다. 지금 생각하면 그때부터 이미 하나님께서는 내게 복음을 전하는 일을 맡기시기 위한 출애굽 광야의 계획을 시작하신 것이 아닌가 싶다.

교회가 있는 동네는 박씨 집성촌이었다. 쪽복음서로 전도도 활발히 했는데 마침 어느 장로님 한 분이 땅을 내주어 교회를 건축하게 되었다. 청년들과 함께 블록 벽돌을 찍어 교회를 지었다. 당시 나는 교회 학생부 임원을 맡고 있었다. 나는 학생부 아이들에게 교회에 올 때마다 크고 작은 돌멩이들을 가져오라고 부탁했다. 고사리 같은 손으로 모아 온 돌들이 쌓여 제법 건축물 태가 났다.

그런데 얼마 안 있어 교회로 강제 철거 계고장이 날아왔다. 건축 허가가 나지 않은 채로 지은 무허가 건물이라는 이유였다. 구청에서는 결국 교회를 강제로 철거했다. 어떻게 쌓아 올린 교회인데, 너무 허망하고 억울해서 한동안 말을 못하고 엉엉 울기만 했다. 교회 건축에 힘을 다했던 우리 모두 허탈했지만 어쩔 도리가 없었다. 다시 우여곡절 끝에 건축 허가를 받아 교회를 짓게 되었다. 같은 일을 반복하려니 기운은 빠졌지만 한번 해봤던 경험을 살려 다시 힘을 내자 확실히 노련미가 생겼다. 교회의 소중함도 더 절실히 와 닿았다.

마지막으로 교회 마당에 교회 종탑을 세우기로 했다. 종탑을 세우기 위해 산에 가서 포플러 나무 네 그루를 잘라 종을 매달 기둥으로 삼았다. 종탑을 세운 후 재미있는 일이 일어났는데, 지금 생각해도 참 신기하다. 시간이 지나자 그 나무 기둥에서 다시 잎사귀가 나더니 줄기를 모두 덮을 정도로 무성해졌다. 그해 여름이 되자 이제 종은 보이지도 않을 정도였다. 종을 울리려 줄을 잡아당기자 마치 울창한 숲속에서 땡그랑땡그랑 종소리만 저절로 들리는 것 같았다. 여러모로 기념비적인 광경이었다. 그곳이 지금의 신림동 성림교회의 시작이었다.

시간은 흘러 중고등학교를 마치고 곧바로 사회로 뛰어들

었다. 당시 나는 그 천막교회의 장재덕 전도사님을 따라 여기저기 철거민촌에 전도를 나가곤 했는데, 그로부터 55년이 지난 지금 놀라운 일이 벌어졌다. 4개의 공관복음만 기재되어 있는 쪽복음서로 전도된 학생들 중에 열두 명이나 목회자가 되었으니, 하나님의 계획은 감히 상상할 수 없는 놀라운 은혜다.

납치된 천사

아내를 처음 만난 건 대방동에 있는 공군 본부에서 군 복무를 하던 시절이었다. 어느 날 미팅 건수가 생겼다. 같은 내무반 동료들과 함께 긴장되면서도 설레는 마음으로 약속 장소에 나갔다. 그러나 아내는 다른 동료의 파트너가 되었다. 그래서 이야기를 나눌 기회가 많지 않았다. 다만 허리까지 찰랑찰랑 내려오는 아내의 긴 머리카락이 기억에 남았을 뿐이었다.

별 소득 없이 미팅이 끝났고, 3개월쯤 지난 후였다. 당시 명동 앞 국제우체국과 한국은행 사이에는 육교가 있었다. 근방에 볼일이 있어 육교를 건너는 중에 마주 오는 한 여성을 보게 되었다. 그런데 허리 아래까지 내려오는 긴 머리를 보는 순간 단박에 기억이 났다. 미팅 때 본 그녀였다. 그녀가 틀림없다는 생각이 들면서 가슴이 콩닥거렸다. 머릿속으로 여러 생각이 스치듯 지나갔다. 인사도 못 건네고 이대로 그냥 지나쳐버리면 나중에 크게 후회할 것만 같았다. 이미 머릿속으로는 오늘 이 사람의 마음을 꼭 붙잡아야겠다는 결심이 서고 있었다.

"오랜만입니다. 혹시 저를 알아보시겠어요?"

"네? 저를 아세요?"

"네. 지난번 미팅 때 뵀죠. 긴 머리가 기억에 남았었거든요."

"아, 그런 일이 있었죠."

"괜찮으시면 차 한잔 같이 하시겠습니까?"

"아, 네. 뭐 그럼….'

그길로 명동의 한 찻집에 들어가 긴 머리 아가씨와 대화를 시작했다. 그리 길지 않은 시간이었다고 생각했는데, 꽤 오랫동안 서로를 보며 웃고 있었다. 대화가 잘 통했다. 왠지 든든한 내 편을 한 사람 만난 것 같아 가슴이 울렁거렸다.

나는 어릴 때부터 글 쓰는 것을 좋아했다. 별명이 '수필 소년'이었다. 육교 위에서 뜻하지 않게 그녀와 재회하게 된 그

순간부터 나는 그녀가 가르쳐준 주소로 매일매일 편지를 썼다. 수필도 쓰고 시도 보냈다.

나중에 결혼을 결심하고 난 후 아내가 고백하기를, 끈질기게 보내는 내 편지와 글솜씨에 감동했다고 한다. 그 말은 사실인가 보다. 아내는 그때 내가 보냈던 편지를 수십 년 동안 하나도 버리지 않은 채 전부 모아두고 있었으니 말이다. 실은 아내의 지난 회갑 때 그것들을 모아 책으로 묶어 자축하려 했노라고 했다. 안타깝게도 행주대교 밥차 기지가 불탈 때 그 편지와 수십 권의 앨범까지 모두 타버려 지금은 자취가 없다. 편지가 아니더라도 마음을 이어주는 질긴 부부의 끈이 있으니 연연하지 말라는 뜻일까. 언론사와의 인터뷰 때 전달했다가 찾아온 자료가 하나 남아 있어 그나마 위로가 되고 있다.

아내와 마음이 잘 맞아 남은 인생을 함께하기로 약속은 했지만 우리 뜻만으로 결혼이 이루어지지는 않았다. 장모님이 완강하게 결혼을 반대하셨다. 그도 그럴 것이 6남매의 맏딸이 데려온 남자라는데, 장모님 눈에 비친 20대 중반의 나는 마음에 드는 구석이 하나도 없었을 것이다. 나는 작은 키에 여전히 가난했기 때문이다.

남자는 남자가 알아본다고 했던가. 다행히 장인어른의 눈에는 내가 제법 생활력도 있고 단단해 보였던지 "제 식구 밥은 굶기지 않겠다"고 말씀하셨다고 한다. 장인어른은 장모님이 더 크게 반대를 하지 않는다면 결혼을 승낙할 요량이셨다. 그러나 장모님의 마음을 돌리기에는 아직 역부족이었다.

나는 장모님의 결혼 승낙을 받아내기 위해 작전을 하나 세웠다. 순박한 강원도 아가씨였던 아내는 내 묘안에 설득되어 나와 함께 강원도 낙산사로 사흘간의 도피 여행을 떠났다. 실상은 짜고 친 납치극인 셈이었다. 그리고 이 사실을 소문으로 흘려 장모님 귀에 들어가도록 했다. 장모님은 용납하기 어려우셨겠지만 과년한 딸이 남자와 무단 여행을 했으니 더는 반대의 뜻을 내세울 수 없었을 것이다. 결국 장모님은 우리 결혼을 허락하셨다. 단, 약혼식을 먼저 올리라는 조건을 내거셨다. 그렇게 우리는 내가 제대도 하기 전에 약혼식을 했다.

결혼식을 어떻게 할까 고민을 많이 했다. 우리 어머니나 처가나 이름만 불교 신자일 뿐 부처님의 뜻과는 거리가 먼 잡다한 미신을 추종하는 분들이었다. 악귀를 내쫓는다며 북어 대가리에 명주실을 꿰어 문설주에 걸어두는 것은 물론, 소원을 빌기 위해 탑돌이를 하실 정도였으니 말이다. 걱정되는 일이라도 있으면 부적을 써서 간직하기도 하는 등 말이 불교 신자이지 그저 미신을 추종하던 양가였다. 그런 양가 어르신들께 의논도 없이 아내와 나는 종로 이화예식장에서 연세대 신학대학장이신 한태동 목사님을 모시고 결혼식을 치렀다. 예배를 드리는 기독교식으로 결혼식을 진행했다며 처가 어른들이 노발대발하셨던 기억이 난다.

사업의 불길이 타오르다

제대와 동시에 결혼했을 때 내 나이는 스물일곱 살이었다. 나는 신촌에 터를 잡고 은성가구라는 인테리어 가구점을 운영하게 되었다. 집 장사를 하는 곳에 거실장이나 칸막이 장식장 등을 만들어 납품하는 일이었다. 다행히 수입이 좋았다. 많은 물량을 한꺼번에 주문받아 납품하는 일이었는데, 주문과 소개가 끊이지 않으면서 사업의 불길이 활활 타올랐다.

그러던 중 어느 날 소규모 주택업자인 선배가 제안을 하나 해왔다.

"이 사장! 고작 거실장 납품으로 생활이 돼? 내가 도와줄테니 집 장사를 해보는 게 어때?"

"제가요? 말씀은 감사한데 실제 경험도 없고 자본금도 없어서요."

"그럼 우선 나랑 반반씩 투자해보자고."

그 말을 듣는데 왠지 가슴이 뛰었다. 크게 고민하지 않고 나는 집 장사를 시작했다. 거기서 집 짓는 기술을 배웠고, 어느 정도 사업이 안정되자 나는 독립해 나왔다. 강남에 믿을 신 자信에 한 일 자一를 쓴 '신일부동산'을 차린 나는 집을 짓고 파는 단독 사업을 시작했다. 그때는 땅만 파도 일명 복부인들이 몰려 분양이 되는 호황기였다. 내친김에 건설 업체를 인수해서 빌딩 건축까지 사업을 늘려나갔다.

한창 일이 잘 풀리면서 돈 버는 재미에 푹 빠진 나는 미친 듯이 사업에 몰두하게 되었다. 어느새 사업 이익과 부동산 등 개인 재산이 주체하지 못할 정도로 불어났다. 일주일에 세 번은 골프를 치러 필드에 나갔고, 틈만 나면 해외여행을 다녔다. 의식할 새도 없이 내 삶은 방만한 쾌락으로 물들어 갔다. 얼마나 사업이 휘몰아치게 일어났던지 승승장구를 거듭하더니 머지않아 내 명함에는 13개 단체명이 적힌 건설 회사의 회장이라는 직함이 새겨져 있었다.

사업이 잘된다는 것은 만나야 할 사람도 많다는 의미였다.

잘 봐달라고 뇌물을 주고받는 것은 일상사였다. 미인계로 오더를 따내기 위해 하루가 멀다 하고 비싼 룸살롱에서 거래처 담당자들을 대접하곤 했다. 하루도 술에 취하지 않은 채로 집에 들어간 날이 없었다. 외박은 향락의 덤이었다. 노상 고주망태가 되어 가정을 등한시하니 처가 식구들이 아내에게 이혼을 종용할 정도였다.

아내는 고지식하고 순박한 사람이었다. 인천의 부개동 연립주택에서 살던 신혼 시절이었는데, 어느 날 아내가 나를 보더니 간절한 눈빛으로 부탁을 했다. 결혼한 지 3년이 다 되도록 아이가 없다가 이제 막 첫아들 동연이를 출산했을 무렵이었다.

"동연 아빠, 나 교회에 나가고 싶어요."

아내의 말에 뒤통수를 한 대 맞은 것 같았다. 목사님을 주례로 모시고 결혼식을 했던 우리 부부였다. 아내의 한마디에 문득 생각하니, 내가 교회를 나간 것이 언제였는지 기억조차 나지 않을 정도였다. 사업한답시고 허랑방탕한 행실로 얼룩진 생활을 하다 보니 아내에게 미안한 일이 너무 많았다. 힘없이 말하는 아내의 부탁을 거절할 수가 없었다.

아내를 인근 교회에 데려다주면서 나도 다시 교회에 출석하기 시작했다. 부부 동반으로 교회에 나가니 늘 일꾼이 모자란 교회에서는 나를 단박에 성가대장으로 임명했다. 어느 정도 굵직한 건설 업체도 운영한다고 하니 제법 좋은 일꾼이 되겠다고 여긴 모양이었다.

그런데 교회에 매주 나가고 성가대장이라는 직책을 수행하면서도 내 안에는 믿음이 없었다. 오죽하면 담배를 끊지 못해서 교회에 갈 때 양말 속에 담배를 숨기고 다니기도 하고, 사람들이 많은 곳에서 무의식중에 다리를 꼬다가 숨겨둔 담뱃갑이 볼록하게 튀어나와 망신을 당하기도 했다.

한번은 이런 일도 있었다. 어느 날 교회 근처에서 담배를 피우고 있었는데, 한 모금 길게 빨아들인 차에 아내가 옆을 바라보며 뭔가에 놀라는 눈치였다. 뭔가 싶어 고개를 돌렸더니 담임목사님이 오고 계셨다. 차마 목사님 앞에서 대놓고 담배를 피울 수는 없었기에, 들이마신 연기를 내뿜지도 못하고 속으로 삼켰다. 한껏 속으로 다시 집어넣은 담배 연기로 인해 코와 입에서는 난리가 났다. 숨이 턱턱 막혀왔다. 그랬던 나였다.

힘든 일이 한둘이 아니었지만 그중에서도 금연은 정말 어려웠다. 지독하게 애연가이던 내가 담배를 끊은 것은 1986년 8월, 아들 때문이었다.

"아빠한테서 담배 냄새 나서 아빠 옆에 가기 싫어."

아들 바보였던 나는 동연의 그 한마디에 단번에 금연에 성공했다.

그러나 그것도 잠시, 나는 다시 교회와 멀어졌고 그때부터 수년 동안 교회와 담을 쌓은 생활이 계속되었다. 어쩌면 사업은 핑계였다. 세상 쾌락이 그렇게 좋을 수가 없었다. 여행을 가고 골프를 치러 다니며 비로소 살아 있음을 느끼는 쾌락적인 삶에 더욱 깊이 빠져들었다.

Chapter 2

거리에 차려진 하나님의 밥상

한국신장협회를 세우다

　·　사업에만 몰두하던 나는 사단법인으로 한국신장협회라는 단체를 세우게 되었다. 내 힘이 아니었다. 지금 생각하면 그 어떤 길도 내가 계획하고 원해서 간 길은 없었다. 하나하나가 모두 하나님의 인도하심이었다. 한창 돈을 잘 벌 때도 나는 이름뿐인 집사이긴 했지만 평소에도 뭔가 좋은 일을 하고 싶다는 마음은 늘 있었다. 그래서 사회사업을 하는 라이온스클럽이나 청년회의소 활동에도 열심히 참여하였다.

　귀갓길에는 늘 '사랑의 꽃다발'이라는 기독교 방송의 라디오를 들었다. 그날도 여느 때처럼 차에 타자마자 습관처럼 주파수를 맞추고 있는데, 마침 내 마음을 붙드는 사연 하나가 방송에서 흘러나왔다.

"제 남편이 목사인데 신장병으로 강단에서 쓰러져 지금 사경을 헤매고 있어요. 제발 남편을 살려주세요."

간절함이 전해져 오는, 주종태 목사의 사모라는 분의 사연이었다. 그냥 지나칠 수가 없었다. 바로 방송국 PD에게 전화를 걸어 그분의 전화번호와 주소를 알아냈다. 먼저 통화를 하고 즉시 차를 돌려 찾아갔다. 오래된 도곡동 시장 안으로 들어가자 작은 교회가 나왔다. 문을 열고 들어가니 좁은 실내 정면에 강대상이 보였다. 어디가 사택인가 찾아보니 강대상 바로 뒤에 휘장으로 막아놓은 곳이 살림방이었다. 자녀들까지 다섯 식구가 두 평 남짓한 그 비좁은 공간에서 살고 있었다.

"아까 전화드렸던 이선구라는 사람입니다. 목사님은 어디 계신가요?"

"아, 네. 지금 투석하러 가셨습니다."

나는 속으로 '참 묘한 분이네. 몸도 아프신데 어디에 돌을 던지러 가시나?' 하고 생각했다. 그 당시만 해도 나는 투석이라는 말의 뜻을 알지 못했다. 데모 현장에서 시위하는 수단으로 돌을 던지는 투석이라는 말을 자주 들었을 뿐, 그 정도로 신장병에 관해서는 문외한이었다. 그런데 차마 투석이 무엇인지 자세히 물을 수는 없었다.

"어디서 투석을 하시는데요?"

"영동세브란스병원이에요."

'음? 아니 무슨 투석을 병원까지 가서 하시지?'

혼자 오만 가지 생각을 하며 사모님과 함께 근처의 세브란스병원으로 목사님을 만나러 갔다. 투석실이라는 곳에 난생처음 들어간 나는 그만 충격을 받고 말았다. 총 10여 개의 침대가 서로 머리를 맞댄 채 놓여 있는데, 모든 침대 위에는 투석을 하는 사람들이 누워 있었다. 그들의 팔에 꽂힌 호스를 통해 '툭툭' 피가 빠져나가고 투석기에 걸러진 새로운 피가 쉴 새 없이 들어가고 있었다. 그런 놀라운 광경을 나는 태어나서 처음 보았다.

'이런 걸 투석이라고 하는구나. 이런 세계가 있었다니…'

더 놀라운 사실은 주 목사님의 머리맡에서 잠깐 나눈 대화 내용이었다. 이렇게 투석을 받는 사람이 그 당시 3만 명이나 된다는 것이었다. 그리고 이렇게 많은 환자 가운데 신장 이식을 받을 수 있는 사람은 지극히 제한되어 있다는 사실까지, 실로 충격의 연속이었다.

그 시절에도 신장을 공여해주는 공식 기관이 있기는 했지만 환자는 많고 이식할 수 있는 신장은 태부족한 현실이었다. 그러다 보니 신장 이식 자체가 불법적으로 자행되는 곳이 많았다. 공식적이든 비공식적이든 그나마도 형편이 안 되는 환자들은 신장 이식을 받지 못하고 겨우 투석이나 하며 생의 마지막 날을 기다리고 있다고 했다. 게다가 투석을 한 번 받으면 온몸에 기운이 다 빠져 그날은 괴로움에 시달려야 한다는 말도 전해 들었다. 이런 고통을 일주일에 두세 번, 하루에 4~5시간씩 지속적으로 겪어야 한다니, 나는 할 말을 찾지 못했다.

순간 지독하게 가난했던 어린 시절이 생각났다. 환자들이 겪고 있는 알 길 없는 고통에 가슴에서 쿵 하며 의분이 일어났다. 하루하루 힘겹게 투석을 받으며 언제 자신을 삼킬지 모르는 죽음의 공포와 싸우는 사람들을 살려내고 싶었다. 건강한 신장을 이식 받아 다시 새 생명을 찾은 이들은 겪어보지 않는 한 감히 상상조차 할 수 없는 감격과 감사를 경험한다고 하니 어찌 가만히 있을 수 있단 말인가.

마침 내게는 돈이 있었기에, 아예 신장 재단이나 협회를 만드는 것이 좋겠다고 생각했다. 기꺼이 사재를 털어 출연금을 마련했다. 신장협회에서 함께 일할 인재들을 찾아다니고, 시간이 날 때마다 세계 여러 나라를 돌며 장기기증 뇌사에 관한 법령을 연구했다.

많은 분이 수고해준 결과 1990년 5월, 드디어 한국신장협회 조직에 착수했다. 물론 처음부터 모든 것이 순조로웠던 것은 아니다. 당시에는 법적인 제약이 많아서 뇌사자 장기기증 관련 법부터 시작해 5년 동안은 전국을 돌며 캠페인과 강연도 하며 뇌사자와 생존자의 장기기증에 대한 텃밭을 넓혀나갔다.

그러나 신장협회를 조직할 그 당시만 해도 아직 장기기증에 대한 사회적 인식이 낮은 상태였다. 특히 부모가 준 몸을 함부로 기증할 수 없다는 유림 쪽의 반대도 심했다. 그때 종교계의 거목 세 분이 큰 등대 역할을 해주셨다. 바로 천주교의 김수환 추기경님과 개신교의 한경직 목사님, 그리고 불교의 법정 스님이시다.

"인간이 죽으면 그냥 쓸모없이 한 줌의 재가 되지만 장기기증을 하면 한 사람의 장기로 두 사람의 눈을 뜨게 하고, 간, 췌장, 심장, 신장병 환자까지 일곱 명의 생명을 구할 수 있습니다.”

　세 분은 우리의 육체가 원래 왔던 곳으로 되돌아간다고 말씀하시며 장기기증에 대한 고정관념을 깨뜨려주셨다. 이 세상에서 할 일을 다 마친 몸을 거룩한 일에 기꺼이 내놓는 일도 삶의 일부라는 뜻을 아름답게 웅변해주셨다.

　이렇게 기나긴 인식 변화와 설득 과정을 통해 서울시의 정도 600주년 기념행사 때 '사랑의 새 생명 600명 살리기' 모금 운동과 장기기증 행사가 기념사업으로 채택되기도 했다. 그 후로 오랫동안 갈망해왔던 장기기증이 시작되면서 장기가 망가진 사람들이 장애인 등급을 받을 수 있는 토대가 마련되었다.

　그즈음 〈남자는 외로워〉라는 방송 드라마에 출연하던 탤런트 한 분이 교통사고로 뇌사 상태에 빠졌다는 이야기를 듣고 달려간 적이 있다. 그 부모에게 장기기증을 부탁드렸는데, 어머니는 자식을 두 번 죽인다며 반대했다. 그런데 다행히도 아버지가 우리의 뜻에 공감하셔서 장기기증이 이루어졌다. 이 한 사람의 장기기증으로 무려 일곱 명의 생명을 구할 수 있었다. 식물인간은 아주 간혹 기적적으로 소생하는 경우도 있긴 하지만 뇌사 상태는 인공호흡기를 떼면 생존이 불가하다는 것을 솔직하게 알려드리자 아버지는 결심이 선 듯했다.

결코 쉽지 않았던 수많은 과정들을 겪으며 굳게 들었던 생각은 '가난이 더 고통스러운가, 질병이 더 고통스러운가' 하는 문제였다. 누군가 내게 가장 불행한 이웃이 누구라고 생각되는지 묻는다면 가난한 자보다 병고로 고통받는 자가 훨씬 더 괴로울 것이라고 대답했을 것이다.

한 여인의 유언장

한국신장협회 회장을 7년간 역임하면서 생명의 순환이 얼마나 신비하고 뭉클한지 수도 없이 목격했다. 수천 명의 신장병 환자들이 고통 중에 힘든 혈액투석을 하며 간신히 하루하루를 버티는 모습도 생생히 보았다. 우리나라에는 현재 신장병으로 인공투석을 받으며 생과 사를 넘나드는 사람들이 수만 명에 달한다고 한다.

"지금 가장 절실하게 원하는 것이 무엇인가요?"

내가 협회장으로 있을 때 신장병 환자들을 대상으로 설문조사를 한 적이 있었다. 공통적인 대답은 딱 하나였다.

"시원한 물을 마음껏 마시고 죽으면 원이 없겠습니다."

"시원한 냉커피, 시원한 맥주, 시원한 수박 한 덩어리…."

모두 물과 관계된 대답이었다. 신장이 망가지면 혈액 속의 노폐물을 걸러내 오줌의 형태로 내보내는 기능이 상실된다. 그렇게 되면 뒤따르는 여러 증상이 있지만 가장 압도적인 고통의 증상은 소변을 볼 수 없다는 것이다. 신장이 망가지면 방광으로 소변을 보내는 기능이 나빠지기 때문에 노폐물을 걸러서 방광으로 보내는 기능이 제 구실을 못하게 되므로 물을 마음껏 마실 수가 없다. 물을 마시면 온몸이 팽창되어 찢어지는 듯한 고통을 겪어야만 한다.

그러나 따로 물을 마시지 않아도 음식물을 통해 수분과 독성이 계속 쌓이니 체외로 그것들을 뽑아내야 한다. 인공투석이나 복막투석은 일주일에 2~3일 정도 하는데, 한 번 할 때마다 네다섯 시간에 걸쳐 온몸의 피를 거르는 고통스러운 과정을 이겨내야만 한다. 그러지 않고서는 생명을 유지할 수 없다.

나는 '신장 기증 캠페인'을 벌이기 시작하면서부터 나만의 특별한 습관이 하나 생겼다. 물을 마시거나 소변을 보면서 하나님께 감사하게 된 것이다. 아침에 잠에서 깨어 눈을 뜨고 들숨과 날숨을 쉬며 건강한 몸으로 하루를 맞이한다는 것이 얼마나 감사한 일인가. 물 한잔을 마음껏 마시고 시원하게 소변을 볼 수 있다는 것은 또 얼마나 큰 행복이고 감사인가.

"하나님, 마음 놓고 물을 마실 수 있게 해주셔서 감사합니다."
"하나님, 시원하게 소변을 볼 수 있게 해주셔서 감사합니다."

소리 내어 올리는 이 감사 기도는 그때부터 지금까지 무의식중에 습관이 되어 자연스럽게 나오고 있다.

1990년 초, 신장협회 회장을 맡고 있을 때의 이야기다. 한 여인으로부터 예사롭지 않은 편지가 배달되었다.

수고가 많으신 이선구 회장님께!
저는 한쪽 다리에 장애를 갖고 태어나 부모로부터 버림을 받았습니다. 고아원에 버려진 저는 다른 한쪽 다리마저 소아마비로 장애를 얻어 두 다리 모두 걷는 기능을 완전히 잃게 되었습니다. 그러자 저는 걷지도 못하는 애물단지가 되어 고아원에서조차 버림을 받기에 이르렀습니다. 장애인 시설에서 스무 살이 될 때까지 사랑 한 번 제대로 받아보지 못한 채 천덕꾸러기 취급을 당하며 자랐습니다.

스무 살이 되던 해, 수원에 있는 한 장애인 고용 시설에서 지내며 처음으로 저를 사랑해준 한 남자를 알게 되었습니다. 그는 저와 처지가 비슷한 장애인으로, 두 다리는 있지만 한쪽 팔이 없었습니다. 저의 든든한 두 다리가 되어준 그는 작업하는 조립라인으로 제 휠체어를 밀어주거나 저를 품에 안아 조립대 자리에 앉혀주곤 했습니다.

세월이 흐르면서 극진히 저를 아껴주는 그를 사랑하게 되었습니다. 제 생애 처음으로 누군가에게 사랑을 받아보고 저 또한 그를 깊이 사랑하게 되어 아기를 갖게 되었고, 정식으로 결혼식은 못 올렸지만 이곳 강남 수서에 있는 한 임대 아파트에 사랑의 보금자리를 마련하게 되었답니다.

사랑하는 남편을 꼭 닮은 아들이 태어난 지 이제 3개월이 되었고, 우리는 더할 수 없이 행복했습니다. 그러나 그 행복도 잠시,

어느 날 만성 신부전증이라는 듣지도 보지도 못한 신장병에 걸렸고, 이틀에 한 번씩 꼬박꼬박 인공투석기에 매달려 피를 걸러야 또 다른 하루를 살 수 있다는 의사 선생님의 절망적인 말을 들었습니다. 그야말로 청천벽력이었습니다. 저는 사랑하는 남편과 아들에게 더는 짐이 될 수 없다는 생각에 자살을 시도했으나 이웃집 아주머니가 발견하셔서 그것도 실패하고 말았습니다.

사랑하는 남편은 저에게 당신이 죽으면 그날로 나도 아들과 함께 당신을 따라갈 테니 알아서 하라며 눈물로 호소했습니다. 그 후로 저는 이틀에 한 번씩 투석을 하며 삶을 이어가려 마음을 다잡고 있지만 구두를 닦는 남편의 수입으로는 생활비가 턱없이 부족한 상황입니다. 아파트 임대료와 관리비는 물론 아이 우윳값을 대기도 어려운 형편인지라 제대로 투석을 받지도 못하다 보니 지금은 신장병 합병증으로 귀마저 들리지 않게 되었습니다.

이선구 회장님, 이 유언장을 보시고 저의 마지막 소원을 들어주시기 바랍니다. 지금 저는 여러 가지 합병증으로 인해 생명의 불꽃이 꺼져가고 있습니다. 제가 죽으면 사랑하는 남편과 아들을 뜨겁게 사랑한 저의 심장은 심장병으로 죽어가는 어린

이에게 주시고, 또 저의 두 눈은 하나님이 만드신 이 아름다운 자연을 보지 못하는 어린이에게 주시길 부탁드립니다. 그리고 간과 췌장도 기증해주시고, 나머지 저의 몸과 뼈는 원하는 대학병원에 해부용으로 기증해주시기 바랍니다.

나는 꺼져가는 생명 앞에서 마지막 용기를 내고 있는 가여운 한 여인, 아니 세 식구의 애틋한 삶을 구하기 위해 전국 방방곡곡으로 장기 기증 캠페인을 벌였다. 그리고 하나님이 도우사 콩팥을 기증하겠다는 사람이 드디어 나타났다. 기증 의사를 밝힌 분은 남편을 잃고 혼자 사는 기독교인이었는데, 검사를 진행한 결과 조직이 맞아 다행히 이식이 가능한 상태였다. 신장협회와 병원이 절반씩 지원해 그렇게 수술이 진행되었다. 자신의 모든 것을 내주려는 이 가련한 여인을 하나님은 다시 살리셨다. 죽으려던 환자의 건강을 다시 살리신 하나님의 역사하심을 보며 우리는 모두 한마음으로 감격의 눈물을 흘렸다.

여러 눈물겨운 사연 중에 열세 살 순이도 잊을 수 없다. 우리는 완도에서 한 시간 떨어진 낙도의 초등학교에서 온 편지를 읽게 되었다. 새우잡이가 주업인 그 섬에는 64가구가 살고 있었는데, 그곳 섬마을 분교의 전교생 열한 명이 호소문을 나에게 보내온 것이었다. 엄마도 없이 할머니의 손에 자라던 순이가 지금 신장병으로 죽어가고 있다는 내용이었다. 다행히 그 사연을 알게 된 과천의 한 정형외과 간호사가 순이에게 신장을 이식해 주었고, 순이는 건강한 모습으로 다시 태어나게 되었다. 순이는 수술 후 간호사의 손을 잡고 자신도 간호사가 되겠다며 흐느꼈다. 순이의 회생 소식을 들은 섬마을에서는 동네 사람 모두가 그리스도인이 되는 놀라운 기적이 일어났다.

30kg 남짓한 체중에 병약한 몸으로 경남 상주에서 당시 내가 다니던 압구정동 소망교회까지 휠체어를 타고 온 사람도 있었다. 그녀는 두 아이의 엄마였다. 간암 말기로 3개월밖에 못 산다는 남편을 살리고 싶다고 했다. 그녀는 자신의 신장을 하나만 떼어 팔아달라고 통사정을 했다. 콩팥을 판 그 돈으로 죽어가는 남편의 수술비를 대고 싶다는 이야기였다. 그녀와 눈물 젖은 갈비탕을 함께 먹었던 사연도 잊혀지지 않는다.

포교국장까지 맡아 일했던 한 스님의 회심 사건도 생생히 기억에 남아 있다. 한 목사님의 신장을 이식받아 새 생명을 얻은 후 기독교인이 된 그는 가슴을 치며 그동안 하나님의 사랑을 알지 못했던 자신의 과오를 눈물로 고백했다. 이후 신학 공부를 마친 그는 목회자로 다시 태어났다.

빈손으로 쫓겨나다

　　그러나 한국신장협회 회장 일은 10년을 채우지 못하고 도중에 그만두어야 했다. 안타깝게도 신장협회를 조직하는 데 계기가 된 그 목사님은 가족의 신장을 받아 수술을 받았으나 워낙 몸이 약해 결국은 소생하지 못했다. 이웃을 위해 시작한 좋은 일은 몇몇 사람의 욕심으로 인해 끝까지 열매를 맺지 못하고 말았다.

　　"이선구! 너 죽고 싶어? 나중에 후회하고 싶지 않거든 협회에서 당장 손 떼! 좋은 말로 경고할 때 물러나는 게 좋을 거야."

　　"도대체 왜 이러십니까? 내가 뭘 잘못했습니까?"

"우리도 좀 살자! 이번에 순순히 회장직에서 물러나지 않으면 네 딸을 험한 곳에 팔아버릴 테니 그리 알아!"

내가 세운 신장협회에서 나를 밀어내려고 일을 꾸미는 사람들이 수시로 협박을 해왔다. 처음에는 전화로 협박을 하더니 하루는 사무실 문을 부수고 쳐들어오기도 했다.

사실 그전까지는 음지에서 불법으로 장기를 사고파는 일이 비일비재했다. 그때는 장기이식이 대부분 영세한 불법 단체에서 주도해온 것이 현실이었다. 공중화장실마다 장기를 사고판다는 스티커가 늘 붙어 있었다. 그러니 장기를 파는 사람들이나 사는 사람들이나 거의 모든 것이 돈으로만 움직이는 판이어서 사고가 끊이지 않았고, 돈이 없는 사람은 아예 희망조차도 가질 수 없었다. 또 그들은 사람들이 준 피를 몰래 파는 매혈까지 자행했다.

그런데 신장협회는 나와 함께 여러 사람이 자금을 마련해 만든 사단법인이면서 동시에 국가와 함께 운영하는 단체였다. 우리 협회는 오직 환자들 모두에게 골고루 기회를 주고자 엄정하고 정직하게 신장을 기증 받아 이식 수술을 진행하도록 하고 그 수술비도 지원하는 당시 보건사회부의 산하 단체였다. 나를 못마땅히 여기던 그들에게는 바로 그것이 문제였다. 우리 협회가 진짜 환자만을 위해 일을 하니, 비교가 되는 그들의 입지가 점점 좁아지면서 위기감을 느낀 것이다.

어떤 협박에도 굴하지 않자 우리 부부가 집에 없을 때를 틈타 급기야 10여 명의 신장병 환자들인 장기밀매 조직원들이 들이닥쳐 딸을 납치하려고 했다.

"알았습니다. 당장 손 뗄 테니 딸은 머리칼 하나 건드리지 마세요."

휴대전화로 우리 딸을 팔아버리겠다고 협박하는 소리가 들리니 그날 저녁 아내는 쓰러지기 직전이었다. 우선 알겠다고 그들을 안심시킨 후 몰래 경찰서에 연락을 했다. 집으로 경찰이 들이닥치자 그들은 납치하려던 딸을 놔두고 도망쳤다. 그들은 도망을 가면서도 소리를 질렀다.

"이런 식으로 나오면 재미없어. 오늘은 순순히 물러나지만 다음엔 학교 앞에서 납치할 테니 순순히 말 들어라!"

그들의 협박에 많이 놀라긴 했지만 다행히 딸은 무사했다. 다음 날 나는 협회의 긴급 이사회를 소집해 그동안 있었던 일을 모두 밝히고 회의를 진행했다. 그런데 우리 집을 습격해 어린 딸을 납치하겠다고 한 이 사건의 배후에는 부정행위로 해고된 사무국장과 신장병을 앓던 목사의 사모가 결탁되어 있었다. 협회를 탈취해 사적으로 운영하려는 탐심을 품은 것이었다. 여러 불법과 변칙을 행해야 수익이 불어날 텐데, 우리 조직은 워낙 투명하게 운영되다 보니 불만이 많은 장기밀매 세력들과 손을 잡고 일을 그 지경으로 만들고 만 것이다.

생각해보니 이상한 일이 한둘이 아니었다. 내가 가는 곳마다 그들은 어김없이 찾아왔다. 알고 보니 그들은 자기들과 한편이 된 우리 협회 직원인 목사 사모로부터 내 하루 일정을 세세히 듣고 내가 가는 곳마다 따라온 것이었다. 그러고는 내게 자기들을 협회의 지부와 임원으로 인정해주든지, 아니면 회장직에서 물러나든지 양단간에 택일하라고 협박했다. 그러나 불법적인 요소가 다분하고, 향후 어떤 방식으로 일을 할지 빤히 보이는 상황에서 장기를 밀매하는 조직원들의 그런 행위를 합법적으로 승인해줄 수는 없었다.

그런 차에 우리 딸을 납치하려고 한 일까지 생기자 더는 견딜 수가 없었다. 집에 가니 아내가 울면서 사정을 했다.

"얼른 협회장 그만둬요. 당신은 사람들을 구한다고 그렇게 좋은 일을 하지만 딸을 희생시키면서까지 이 일을 하는 건

오만이고 위선이에요. 그만두지 않을 거면 자식의 안전을 위해 차라리 이혼해줘요."

그날 이후 아내는 딸이 또 납치될까봐 일주일 동안 아이와 함께 학교에 등하교를 동행할 정도로 불안해했다. 이런 지경이 되니 어쩔 수가 없었다. 마땅한 행정적 조치를 취하고 싶었지만 막무가내인 사람들에게 또 폭력의 빌미를 주고 싶지 않았다. 결국 협회 이사들이 모두 회장과 함께 사임하고 몸만 나가는 것으로 의견 일치를 보았다. 모두가 각자 출자한 재산을 돌려받지 못하고 빈손으로 나왔다. 내가 설립한 신장협회였지만 이후에는 아예 관심 자체를 끊어버렸다.

그 일로 나와 가족들은 모두 크나큰 상처를 받았다. 사실 그간 쏟아온 땀과 노력 그리고 물질까지, 그 모든 것에 대한 상처는 쉽게 아물었다. 그러나 내게 도움을 받아 생명을 구하게 된 사람이나 나와 오랜 시간 한솥밥을 먹으며 함께했던 사람들이 배신한 것에 대한 상처는 이루 말할 수 없이 깊고도 오래갔다. 그 후부터 지금의 밥차를 운영하기 전까지 아내는 사회봉사라면 넌덜머리를 냈다.

파산 도미노의 물결이 휩쓸고 가다

"아빠! 제가 유치원 다닐 때, 우리 가족 모두 가정 예배 드렸던 것 기억나세요? 그때 아빠가 고난의 대표적 성경 인물인 욥도 가르쳐주시고 요셉도 가르쳐주셨잖아요. 아들들과 딸들이 모두 죽고 아내는 도망친 데다, 몸은 병들고 재산도 모두 잃은 욥이 얼마나 불쌍하냐고요. 아빠는 욥에 비하면 자식이 죽은 것도 아니고 몸이 아픈 것도 아니고, 또 엄마가 도망간 것도 아니잖아요. 단지 재산만 없어진 거잖아요. 아빠! 그러니 다른 생각 하지 마시고 다시 힘을 내세요."

당시 외국에서 공부하던 아들 동연이가 전화를 걸어 쓰러져가는 나를 위로했다. 전화를 끊은 나는 쌓였던 회한과 아들의 위로가 가져온 감동이 함께 소용돌이치면서 꺽꺽 소리 내어 목 놓아 울고 말았다.

나를 휩쓸고 간 시련은 다름 아닌 부도였다. 이제는 평생 돈 걱정 안 하고 살 것 같았는데, 성공했다는 자신감과 승리 감에 너무 오래 젖어 지냈던 것일까. IMF로 금융 위기가 몰아닥치자 건설사끼리 체결한 상호 연대보증 채무로 인해 한순간에 나락으로 떨어졌다. 거액의 자금을 운용하던 회사였는데, 한두 군데에서 자금이 막히니 빚보증까지 겹쳐 걷잡을 수 없이 곤두박질쳤다.

한때 나는 준재벌 소리를 듣기도 했다. 사실 그때는 좋은 차를 굴리며 서울 강남의 호화로운 아파트에서 부족함을 모르고 살았다. 그렇게 인생의 승자가 된 것 같았던 내가 순식간에 바닥으로 떨어지자 영락없이 실패자가 된 기분이었다. 경영하던 건설 회사가 한순간에 무너지고, 이제는 벌었던 만큼의 빚더미에 올라앉았다.

아무리 생각해도 솟아날 길이 보이지 않았다. 아침에 눈을 뜨는 것이 견딜 수 없었다. 말 그대로 밥값이 없을 정도로 쫄딱 망했다. 뉴밀레니엄을 앞두고 세상이 들떠 있던 시기에 나는 컵라면으로 점심을 때웠다. 나로 인해 가족이 힘들어하는 모습을 보니 더욱더 세상에 미련이 없어졌다. 그 길만은 피하고 싶었지만 그렇게 되고 보니 나도 모르게 자살을 생각하기도 했다.

어머니를 유치장에 두고도 깡다구 하나로 제 밥벌이를 했던 어릴 적 근성은 이제 하나도 남아 있지 않았다. 틈만 나면 한동안 잊고 있었던 한강 다리가 문득문득 생각났다. 나 자신을 제어할 힘이 바닥난 상태였던 것 같다. 방에 틀어박혀 한 발자국도 밖으로 나가지 않는 내 모습에서 뭔가 어두움을 감지했던 것일까? 어느 날 아내가 나를 앉혀놓고 내 눈을 정면으로 응시하며 말했다.

"당신만 내 곁에 있으면 돼요. 내가 가정부 일을 해서라도 우리 식구는 먹여 살릴 테니 딴생각일랑 절대 하지 말아요. 당신은 강한 사람이라 다시 일어설 수 있어요. 우리는 모두 극복할 수 있어요."

다른 사람이 그런 말을 했다면 남의 일이니까 저리 말한다고 생각하며 입에 침이나 발랐나 싶었겠지만 평생 내 곁을 지켜준 아내가 그렇게 말해주자 정말 큰 위로가 되었다. 게다가 먼 타국에서 홀로 고생하던 아들까지 어느새 훌쩍 자라

아비를 격려해주니 감격의 눈물을 주체할 수가 없었다. 그래도 아주 헛되이 살진 않았다는 안도감이 가슴 가득 잔잔하게 퍼졌다. 자존심 하나로 살아온 나였는데, 절묘한 순간 내게 보내준 아내와 아들의 격려가 없었다면 무슨 짓을 했을지 나도 장담할 수가 없다. 이전에 한 번도 경험해보지 못한 그날의 감사와 감격을 결코 잊지 않고 살아가리라 다짐했다.

비로소 나는 가족을 불러 앉혀놓고 굳은 선언을 했다.

"아버지가 그동안 못난 모습을 보여 미안했다. 여보, 미안해요. 이제 다시는 죽고 싶다는 어리석은 생각은 하지 않을 거야. 그리고 다시 일어선다면 이제부터는 나만을 위해 살지 않고 나보다 더 어려운 이들을 돕는 봉사의 길을 가고 싶어."

그러나 대외적으로까지 다 추스른 상태가 아니다 보니 딱히 밖에 나가 만날 사람도 없고 처리해야 할 일도 없었다. 그때 눈에 들어온 것이 책이었다. 손에 가장 먼저 잡힌 것은 자기계발서였다. 국내외 저명한 저자들이 쓴 경영학, 인문학, 동기부여 관련 책들을 차곡차곡 읽어 내려가기 시작했다.

그렇게 2년쯤 지났을까. 그런 종류의 책을 내리 읽으니 지난날의 내 모습에 대해 자연스럽게 반성이 되었다. 내친김에 이번에는 성공 관련 서적들을 두루 섭렵했다. 성공한 사람들의 삶을 종합해보니 공통적인 면이 보였다. 소위 성공의 위치에 도달한 사람들은 대부분이 남다른 고난과 역경을 통과한 경험이 있었다. 그리고 수많은 주옥같은 구절들 가운데 "다시 기본으로 돌아가 나중에 정상에서 만나자"는 말이 특히 마음에 들어와 박혔다.

죄송하게도 뒤늦게야 어머니 생각이 났다. 살아계실 때 못 해드린 것만 생각났다. 아들의 상황이 안 좋을 때 돌아가셨기 때문이다.

"선구야, 소중하고 가치 있는 것일수록 더디게 만들어지는 법이다."

"선구야, 선한 끝은 반드시 있단다. 반드시 복으로 돌려받게 된단다."

어머니가 내게 자주 해주시던 말씀이다. 또한 성경 말씀이 가슴 밑바닥부터 놀라운 힘이 되어준 것은 말할 것도 없다. 예수님의 삶도 환영받지 못하셨다. 그러나 예수님은 생명을 다루는 일을 하셨다. 나는 성경을 다시 마주했다. 독서와 성찰을 통해 다시금 강인했던 나의 원래 모습으로 차츰 회복되어 갔다.

  하나님의 사람은 고난을 겪고 다시 일어나 결국에는 하나
님이 사용하시는 사람으로 세워진다. 앞을 향해 진격만 하던
사업가에서 예수님과 동행하는 목회자로 세우시기 위해 하
나님은 내게 훌륭한 광야학교를 예비해두신 것이다.

모델 하우스의 화환,
성스러운 성이 되다

내 인생은 한 편의 '희비극' 희곡이다. 하나님은 내 연극 무대에 아직 막을 내리지 않으셨다. IMF 때 나도 건설 기업의 파산 도미노에 휘말렸다. 수많은 자금을 운용하던 회사가 순식간에 빚더미를 안고 바닥으로 추락했다. 참담했다. 자살하는 사람들이 속출했고 나도 그런 생각을 수없이 했다.

깊은 절망에 빠져 신음하고 있을 때 나를 일으켜 세운 것은 하나님이 주신 하나의 깨달음이었다. 손에 움켜쥐고자 하는 것은 언제라도 다시 잃어버리고 만다는 것을 그때 알았다. 또다시 무너져 막막한 상실감에 빠지고 싶지 않았다. 나는 일어서야 했다.

1980년대에 대한주택건설협회 창립 당시 전국 조직을 담당하던 임원으로 참여했을 때의 일이다. 주택 건설 업체가 분양을 위해 모델 하우스를 세우면 100여 개 이상의 축하 화분이나 화환이 들어왔다. 초대 회장이었던 허석 고문과 나는 쉴 새 없이 들어오는 화환을 보며 마치 서로의 머릿속을 들여다본 것처럼 입을 열었다.

"아이고, 예쁘긴 한데 아깝네요. 살 땐 엄청 비쌌을 텐데, 이틀만 지나면 시들어버려 아무 쓸모없이 쓰레기가 되고 마니…."

"그렇죠? 차라리 저 돈으로 어려운 사람들 도와주면 딱 좋겠는데."

"내 맘이 바로 그겁니다. 그런데 저런 화환이 어디 여기뿐이겠어요?"

"그러게요. 모델 하우스뿐만 아니라 축하할 일이 있는 곳은 물론이고 장례식이니 뭐니 죄다 저 화환 아닙니까."

"저 화환들을 절약해서 뭔가 좋은 일을 할 수 있지 않을까요?"

화환 1개에 10만 원이라고 치면 모델 하우스를 한 번 전시할 때마다 단숨에 1천만 원 이상이 꽃값으로 공중에 날아가는 셈이다. 화환은 시들면 쓰레기밖에 되지 않는다. 연간 모델 하우스가 전국에서 500여 곳이 오픈한다고 가정할 때, 백만 명 이상이 먹을 쌀이 며칠 만에 시들어버리는 것이다.

이래서는 안 되겠다 싶었다. 2006년, '사랑의쌀나눔운동본부'를 설립했다. 시범적으로 모델 하우스 화환부터 쌀로 바꿔보자는 생각이 들었다. 화환을 내걸어야 할 일이 있을 때 사랑의 쌀을 기증하는 방법으로 바꾸는 운동을 시작했다. 처음에는 대한주택건설협회와 주택산업연구원, 대한주택보증 등 주택 건설 기관이 함께 앞장섰다. 그러면서 우리 본부의 좋은 취지를 이해하고 공감해주는 곳이 하나둘씩 늘어났다. 결혼식이나 사무실 이전 등의 개업식에서도 화환 대신 쌀을 챙겨주면 곧바로 기증받은 지역의 장애인 가정이나 독거노인, 결식아동 등을 도울 수 있는 시설에 그 쌀을 나눠 주었다.

꽃이 쌀이 되고, 쌀이 생명이 되고, 생명이 기쁨이 되고, 기쁨이 사방으로 퍼져나간다고 생각하니 가슴이 뭉클했다. 쌀은 꽃처럼 시들지도 않고 썩지도 않고 버려지지도 않았다. 배고프고 삶이 고달픈 사람들에게 전달되는 쌀은 어떤 화려한 꽃보다도 비교할 수 없을 만큼 아름다웠다.

물론 화훼 산업 쪽에서는 환영받지 못했다. 아무리 좋은 일이라지만 화훼 산업에 피해를 주면서까지 그럴 수가 있냐는 항의를 많이 받았다. 인간적으로 보면 미안한 마음이 없는 것은 아니다. 그러나 쌀이나 화훼 산업이나 모두 농협 산하인데, 당시 1조 원대의 수입을 올리는 꽃시장의 규모에 비하면 쌀 화환의 시장은 고작 100분의 1도 안 되는 규모다.

세상일이 다 그렇다. 선한 일을 위해 어떤 행동을 시작할 때는 반드시 그와 대치되는 상황과 맞물리게 된다. 그렇다고 이쪽저쪽 사정을 다 고려하다가는 결국 아무 일도 하지 못하게 된다.

"참 잘 망하셨군요. 그때의 망함이 없었다면, 지금의 이 세움이 없었을 거 아녜요?"

사람들은 곧잘 내게 이런 말을 한다. 맞는 말이다. 나 하나만을 위한 성은 아무리 높고 화려해 보여도 모래성이나 마찬가지다. 엄청난 부도 이후 그야말로 아무것도 남아 있지 않은 상태가 되고 보니 비로소 눈에 들어오는 사실이 있었다. 허망한 것일수록 움켜쥐는 강도만큼 강하게 도로 빠져나가거나 사라진다는 것을 알았다. 현재 내가 소유한 것은 내가 갖고 있는 것이 아니라 지금까지 쓴 것이라는 데에 생각이 미쳤다. 하루아침에 무너지는 모래성이 아니라 영원히 무너지지 않는 참된 성을 쌓고 싶었다. 그때 생각한 것이 바로 '나눔의 성'이었다. 부도 후 2000년부터 인천 변두리로 집을 옮겨 열 평 남짓한 다세대 주택에서 4년을 살았다. 내가 밥차를 인천의 주안역과 부평역에서 시작할 수 있었던 것도 바로 그런 이유다.

배가 고파 창자가 뒤틀리는데 입으로만 예수를 전할 수는 없다. 고난은 축복을 향한 약속이다. 이 일은 종교를 초월해 하나님이 내게 맡겨주신 일이다. 세속적 성공에 초점을 맞추고 살던 삶에서 철저하게 무너지고 난 후 얻은 뼈의 소리였다. 지금의 내가 있을 수 있도록 하나님께 치른 비싼 수업료라고 생각한다. 내 삶이 행복하기 위해서는 내 주변 사람들도 행복해야 한다. 그래야만 그 행복을 온전히 누릴 수 있다.

나눔은 모두 소중하다. 여러 선한 일 중에 쉬지 않는 나눔과 봉사야말로 큰 용기가 필요하다. 나눔의 삶이란 3개의 바퀴처럼 서로 아귀가 잘 맞물려 있어야 순조롭게 돌아간다. 첫 번째는 재능 나눔이요, 두 번째는 시간과 육체적 봉사 나눔이요, 세 번째가 물질 나눔이다. 무엇인가를 나누려고 찾아온 사람들을 보면 결코 여유가 있어서 온 것이 아니다. 많은 물질을 소유한 사람들은 오히려 자기 것을 헐기가 어렵고, 물질이 없는 사람들은 더는 흘려 나눌 것이 없다. 이런 모든 상황에서 자기 합리화에 빠지거나 핑계를 대지 않고 나눔과 봉사의 용기를 내는 이들이야말로 참된 행복을 아는 사람들이다. 나눔은 현재 가진 것이 많아서가 아니라, 세상과 공존하는 원리를 알아야 비로소 실천할 수 있는 결코 쉽지 않은 일이다. 작은 것을 기꺼이 쪼갤 때, 그 조각이 굴러가며 살이 붙고 더 큰 덩어리가 되어간다. 나 혼자 먹는 밥보다 여러 사람이 함께 먹는 밥이 더 맛있는 법이다.

사랑의쌀나눔운동본부, 봉사의 본부

"쌀운동본부는 뭐고, 빨간 밥차는 뭔가요?"

가끔 사람들이 내게 묻는 말이다. 우리가 하는 일은 크게 2개의 사업본부로 나뉘어 진행되고 있다. '지구촌사랑의쌀독사업본부'와 '빨간밥차사업본부'다. 예전에 기업을 경영했던 경험과 수년간의 청년회의소 활동, 그리고 라이온스클럽 활동이 조직을 운영하는 데 큰 도움이 되었다.

'사랑의 빨간밥차'는 산하에 3개의 기둥이 삼각대처럼 받치고 있어서 안정감 있게 돌아가고 있다. 바로 지구촌사랑의쌀독, 사랑의빨간밥차사업본부, 이동푸드마켓이다. 수혜 대상자에게 밥을 주기 위해서는 농산품이나 공산품, 그리고 쌀이 필요하다. 그래서 이동푸드마켓을 통해 식료품과 농산물을 후원받아 보조하게 하고, 지구촌사랑의쌀독을 통해 쌀을 제공하게 하는 시스템으로 움직이고 있다.

쌀을 모으는 방법은 다양하다. 개인과 단체의 각종 행사가 모두 대상이 된다. 개인의 결혼식, 환갑, 칠순, 고희, 상조 등의 경조사 때 꽃 화환 대신 쌀 화환으로 전환해 쌀을 모으게 하여 기증받는다. 또는 쌀독에 쌀을 기증해서 쌀을 채우는 방법도 있고, 아예 쌀값을 현금으로 후원해도 좋다. 기업 및 단체들의 창립 기념일이나 사무실 이전 기념식, 공장 등 각종 회사 건축물의 준공식 때도 쌀 화환을 보내도록 권유한다. 연예인들의 공연 축하 때 쌀 화환이 가장 많이 모이기도 한다.

우리나라는 10여 년 넘게 '노인 자살 공화국'이라는 오명을 뒤집어쓰고 있다. 처음 그 말을 들었을 때는 정말 충격이었다. 노인 자살의 가장 큰 원인은 외로움과 배고픔이다. 그 순간 외로운 것은 몰라도 먹는 것은 해결해드릴 수 있지 않을까 하는 열망이 싹텄다. 약 6만 2천 곳의 경로당에 20kg들이 두 포대씩만 보내도 148만 8천 포대에 달한다. 시세로 어림잡아 한 포당 4만 원만 쳐도 1년에 595억 2천만 원이라는 어마어마한 돈이다. 그러나 대한민국을 지금처럼 잘사는 나라로 성장시킨 어르신들께 당연히 해드려야 할 보답이다. 우리 인간의 기본 덕목인 효를 잘 행하면 하늘이 돕는다고 믿는다. 그래서 대한노인회 중앙회에서 특별이사 겸 전국 경로당쌀보내기중앙추진본부장으로 재임할 때 국회 3당의 협조를 이끌어내 전국 6만 2천 곳의 경로당에 당초 목표의 절반인 74만 포, 약 300억 원의 쌀을 지원할 수 있도록 하기도 했다.

사랑의쌀나눔운동본부를 시작하려 하자 아내의 반대가 만만치 않았다.

"당신은 아직도 봉사하려는 생각이 남아 있어요? 지난번 신장협회 일 기억 안 나요? 좋은 일 한다며 돈 쓰고 시간 쓰고 가정보다 더 많이 마음을 썼는데, 우리한테 돌아온 게 뭐였어요? 어린 딸을 납치하겠다는 협박을 당하질 않나, 많은 금액을 출자한 협회에서 빈손으로 나오질 않나, 무엇 하나 보람이 없었잖아요. 그런데 또 봉사 단체를 만들겠다고요? 난 못해요. 아니, 못하게 할 거예요. 그냥 조용히 평범하게 살아요. 당신은 지치지도 않아요? 도대체 왜 그렇게 일을 벌여요? 난 반대입니다. 앞으로 내 앞에서 봉사의 봉 자도 꺼내지 마세요."

아내의 반응은 뜻밖이었지만 그 마음을 모르는 것은 아니었다. 그러나 구더기 무서워서 장을 못 담그는 것은 내 인생이 허락하지 않는다. 사실 이런 문제는 아내와도 이미 결혼 전부터 합의된 사안이었다. 한창 연애를 하고 있을 때였다. 무슨 이야기 끝이었던가, 아내에게 그런 말을 한 기억이 또렷하다.

"정숙 씨, 내가 언젠가 얘기했죠? 사실 나는 어릴 때 잘살다가 집안이 망해서 진짜 말도 못하게 가난하게 살았어요. 누구 하나 도와주는 사람이 없더라고요. 정말 쓰러질 것같이 힘들고 외로울 때 누군가 옆에서 조금만 힘이 되어 주면 덜 서럽고 덜 비참할 것 같았는데, 누구 하나 덥석 손잡고 나 좀 도와달라고 부탁할 사람이 없는 거예요. 그 눈물 나는 심정은 나 하나로 끝났으면 좋겠어요. 내가 그런 일을 한다고 세상이 한꺼번에 달라지진 않겠지만 나는 나중에 어느 정도 생활이 안정되면 꼭 자선사업가로 봉사하는 삶을 살고 싶어요. 그래서 난 정숙 씨가 나와 같은 생각을 해주었으면 좋겠어요."

결혼 전 아내와 교제할 때 우리는 많은 부분에서 이야기가 잘 통했다. 봉사의 삶을 설계할 때도 마찬가지였다. 아내도 내 그런 꿈을 적극적으로 공감하고 지지해주지 않았던가. 그 래서 다시 한 번 아내의 착한 마음을 믿고 설득을 시작했다.

"여보, 지금 당신이 걱정하는 게 뭔지 잘 알아요. 이젠 절 대로 그런 불상사가 일어나지 않도록 할 테니, 한 번만 나를 믿어줘요. 그리고 우리 결혼 전에 그런 얘기도 했잖아요. 나 는 내가 겪었던 비참한 일을 또 겪는 사람이 더는 없었으면 좋겠다고. 그때 나는 평생 봉사하며 자선사업을 할 사람이라 고 했고, 당신이 공감해주었던 거 기억하지 않소!"

아내는 내게 넘치도록 좋은 사람이다. 우여곡절을 겪기는 했지만 한번 내 뜻에 동행한 이후로는 결코 되돌아서지 않았 다. 그뿐인가. 수많은 자원봉사자들이 아는 아내는 어떤 면에 서는 나보다 더 강인하고 헌신적이며 깊은 애정을 갖고 이 일을 담당하고 있다.

운동본부의 1년 계획과 그에 따른 일정은 숨 돌릴 틈 없이 빼곡하다. 1월과 2월에는 신정과 구정을 기념해 사랑의 떡국을 나눠 주고, 3월에는 후원 회원들을 위한 명사 초청 강연회를 연다. 4월에는 자원봉사자와 후원자들에 대한 감사 나눔의 날, 5월에는 어버이 행사로 합동 팔순 잔치, 6월에는 자선 바자회를 진행한다. 7, 8월에는 삼계탕 나눔 잔치, 9월에는 송편 나눔 잔치를 한다. 10월에는 밥차 자선 콘서트를 열고, 11월에는 나눔대상 시상식을 연다. 12월에는 사랑의 김장나눔 행사를 갖는다.

이 일들을 위해 사랑의빨간밥차와 지구촌사랑의쌀독을 운영하고 있다. 100개 이상의 어려운 시설들을 지원하고 돕기 위해 250여 개의 착한 사업장들과 1,800여 명의 자원봉사자들, 그리고 십시일반으로 돕는 독지가들의 후원이 힘이 되어주고 있다. 또한 수백 명의 기도 동역자들이 운동본부의 사역을 위해 합심하여 기도해주시니 감사하고 뿌듯하며 뭉클하다. 모든 이의 수고가 값지게 열매 맺기를 바랄 뿐이다.

사랑의 빨간 밥차, 봉사의 현장

사랑의쌀나눔운동본부를 통해 쌀은 쉬지 않고 들어왔다. 그런데 마음 한구석이 허전함을 금할 수가 없었다. 요즘은 지자체에서도 저소득층에 쌀을 주기적으로 전달하고 있다. 그러나 그들의 삶을 자세히 들여다보면 쌀만 가지고 해결될 일이 아니었다. 혼자 사는 노인이나 거동이 불편한 사람들, 빈곤자와 노숙자들에게는 아무리 기름기가 좔좔 흐르는 쌀을 준다 해도 한 끼 밥에는 비할 수가 없는 것이 있다. 사람이 어떻게 밥만 먹고 사느냐는 말이 있다. 우스갯소리 같지만 사실이다. 반찬도 있어야 하고 과일도 먹어야 한다. 쌀만 가지고 끼니가 해결될 수는 없다. 그리고 누군가 함께 밥을 먹을 사람도 있어야 한다. 비록 낯선 얼굴일지라도 마주 보고 따뜻한 밥 한 끼 함께 먹을 수 있다면 김치 하나에 멀건 국 한 그릇으로도 허기 이상의 것을 채울 수 있다. 비싸고 좋은 반찬이 필요하다는 뜻이 결코 아니다.

부도가 나고 3년쯤 되었을 때다. 쫄딱 망하고 나서야 노숙인들의 삶이 내게도 크게 다가왔다. 독거노인과 노숙인들이 굶어 죽고 얼어 죽는 모습을 보았고, 그로 인해 배고프고 병들어 삶에 지친 이웃들이 눈에 들어왔다. 내 인생에 전환점이 찾아온 것이다.

영등포 쪽방촌에는 혼자 사는 어르신들이 참 많았다. 영등포역 근처에서 운영되는 무료 급식 봉사에 참여했을 때 서울역 광장에도 밥차가 있으면 좋겠다는 생각이 들었다. 서울역에서 밥차 사역을 하게 된 것은 브엘세바교회 오준영 목사와의 만남이 계기가 되었다.

서울역에는 우리처럼 무료 급식을 하는 단체가 무려 20여 개나 되었다. 그렇다면 배곯는 사람이 없어야 하는데, 직접 겪은 현실은 생각과 전혀 달랐다. 힘없는 노숙인들을 등쳐먹는 가짜가 판을 치는 곳이 서울역 광장이었다. 새우잡이 배에 노숙인들을 인신매매하거나, 노숙인을 이용한 대포폰과

대포통장 사기꾼들도 수두룩했다. 노숙인들에게 몇 푼 나오는 수당을 차지하기 위해 다단계 일을 벌이다 구속된 사람도 있고, 도저히 먹을 수 없는 밥을 얻어다가 노숙인들을 먹이고 그것을 이용한 모금 운동으로 큰돈을 벌어들여 착복하는 사람도 있다는 것을 알게 되었다.

이런저런 사정을 알고 나니 이들 노숙인들과 쪽방촌 노인들을 위해 더욱 무엇인가를 꾸준히 도와주고 싶었다. 게다가 넓은 역 광장에서 밥상을 차리고 밥을 주는 일을 하다 보면 여름에는 너무 덥고 겨울에는 너무 추워서 곤란한 점이 한둘이 아니었다. 고정적으로 음식을 만들 전담 장소가 없으니, 취사하는 곳과 밥을 먹는 곳이 달랐다. 자연히 한겨울에는 아무리 서둘러 이동을 해도 차갑게 식은 밥을 나눌 수밖에 없었다. 획기적인 묘안이 필요했다.

그래서 시작한 것이 사랑의빨간밥차다. 2006년까지는 쌀 화환 운동과 쌀 지원운동을 주로 하다가 2007년부터 무료 급식을 시작했다. 서울 '사랑의열매' 부회장으로 있을 무렵이다. 사랑의열매에 신청하여 비씨카드에서 제공하는 밥차를 받게 되었다.

본래 이름은 '사랑의 빨간 밥차'였다. 그런데 우리를 부르는 사람들이 '의'를 '에'라고 발음하다 보니 저절로 '해'처럼 들렸다. 그래서 얼마 전부터는 아예 따사로운 태양을 그려넣고 '사랑해 빨간 밥차'라고 명칭을 바꾸었다.

이 봉사의 가장 큰 장점은 빨간 밥차가 주방이 되어 즉석에서 만든 뜨거운 밥을 곧바로 제공할 수 있다는 것이다. 독거노인과 노숙인, 장애인, 결식아동 등 소외 계층과 취약 계층에게 본격적으로 따뜻한 밥상을 내줄 수 있게 되었다. 마음이 흐뭇했다.

초창기에는 밥차의 환경도 사실 열악했다. 아침 겸 점심 한 끼를 해결하려고 오는 노인들에게 11시 30분으로 규정한 식사 시작 시간은 아무 의미가 없었다. 오전 9시경부터 모여들기 시작해서 10시가 되면 준비된 의자의 절반이 다 차곤 했을 정도다. 그것도 한겨울 눈 내리는 날의 풍경이니, 맑은 날에는 그보다 더 일찍 와서 아예 자리를 잡고 밥이 나올 때까지 기다리기 시작했다. 별다른 난방 기구도 없던 천막 안에서도 어르신들은 웅크린 채 새우잠을 청하거나 다른 이들과 이런저런 이야기를 나누며 시간을 보냈다.

"어르신, 추운데 왜 이렇게 일찍 나오셨어요? 댁에서 따뜻하게 쉬다가 시간 맞춰 나오시면 덜 추우시잖아요."

"집에서 혼자 멍하니 있으면 뭐 해. 사실은, 밥도 밥이지만, 비슷한 처지의 노인들을 만날 수 있다는 반가움이 힘이 된다우. 그래서 멀어도 일부러 찾아온다네. 여럿이 먹으니 밥도 맛있고."

90세가 훌쩍 넘으신 어느 할머니는 집에서 TV만 보고 있으려니 적적하고 답답해서 일부러 일찍 나온다고 하셨다. 그래서 밥차가 오는 날이면 자식들이 밥 얻어먹으러 가는 것을 싫어할까봐 운동을 간다고 거짓말로 둘러대고 오시는 분도 있었다. 어떤 분은 폐휴대전화를 가져오기도 했다. 폐휴대전화에서 미량의 금을 추출할 수 있어서 그걸 가져오면 쌀 한 봉지로 교환할 수 있기 때문이다. 물론 폐지나 고물을 얻기 위해 오는 사람들도 있었다. 폐지 하나를 주우면 곧 생계에 도움이 되기 때문이다. 그런 면에서 밥차가 있는 곳은 훌륭한 정보 교환 장소가 되기도 했다.

가끔 천막 한쪽에서 자원봉사자가 어르신들 머리를 다듬어드리기도 한다. 요즘에는 바쁜 중에도 자기 시간을 쪼개서 식사 시간에 노래를 불러주거나 연주를 하는 자발적인 음악 봉사자들도 있다. 그럴수록 밥차에 대한 소망은 점점 더 굳건해지고, 우리 부부의 생명이 다하는 날까지 전국으로 확대

해서 힘들고 외로운 많은 분들에게 뜨거운 밥을 먹이고 싶다
는 생각이 더욱 간절해진다.

2008년 겨울, 나는 독거노인들과 장애인들에게 따뜻한 식
사를 제공할 수 있는 더 좋은 밥차를 달라고 기도했다. 그러
자 2009년 3월, 서울역 광장 노숙인들과 인근 쪽방촌 어르신
들을 위해 1호 밥차를 주시어 광장에서 저체온으로 시달리는
노숙인들에게 따뜻한 식사를 대접할 수 있었다. 그해 10월에
는 인천 독거노인과 장애인들을 위해 2호 밥차를 주셔서 부
평역과 주안역에서 밥차 운영 봉사를 시작했다.

그리고 2010년 겨울까지도 샘터마을에서 불편하게 설거
지를 했는데, 그곳을 떠나 좀 더 편리한 곳으로 바꿔주셨다.
2010년 5월에는 인천시 삼산농산물도매시장의 '경인농산'을
빨간밥차에 붙여주셔서 이제 농산물은 거의 따로 사지 않아
도 된다. 2013년 3월에는 밥차 운영을 위한 영구 자체 빌딩을
마련하도록 인도하셨다. 화재로 인해 모든 것이 전소된 절망
의 시간들을 이겨내고 있을 즈음인 2013년 8월에는 쌀을 확
보할 수 없는 어려움 속에 있을 때 인천 계양구 선주지동의
이름 모를 천사인 권사님과 현재 국무총리인 이낙연 국회의

원, 그리고 양곡조합과 전국농협중도매인연합회 등을 통해 넘치도록 쌀을 보내주셨다.

서울역 밥차에서 처음 밥을 짓기 시작했는데, 지금은 네 대로 늘어난 상태다. 인천을 중심으로 서울역을 비롯해 5톤 이나 되는 대형 밥차를 운영한다. 부평역에서 주 2회, 주안역 에서 주 1회, 서구에서 주 1회, 서울역에서 주 1회, 장기동에서 주 3회 등 연간 약 20만 명에게 무료 급식을, 10만 명에게는 생필품을 제공하고 있다. 경기도 화성과 전북 정읍에 지회를 두고 있으며 전주, 군산, 고창에도 지부를 두었다. 이 밥차에 는 연간 1만 명의 자원봉사자가 함께 참여하고 있다.

장소는 다르지만 매일 500여 명에게 밥을 대접하고 있으 니 연간 약 20만 명에 달하는 사람들이 밥차를 통해 점심을 대접받는 셈이다. 그 후 지금까지 10년 넘도록 밥차는 단 하 루도 쉬지 않고 힘겹게 살아가는 소외 계층이 있는 곳으로 달려갔다.

왜 하필 노숙인들인가

"목사님! 왜 노숙자들 밥을 줘서 술 먹게 하고 일 안 하게 만들고 게을러지게 합니까?"

처음 내가 서울역에서 노숙인들을 위한 밥차를 운영하게 되었을 때 주변 사람들이 내게 하던 비난 섞인 질문이다.

10여 년 전까지만 해도 서울역에서 흔히 볼 수 있는 눈살 찌푸리는 풍경은 딱 하나였다. 노숙인들이 소주를 먹고는 술김에 행패를 부리는 것이었다. 여성 운전자가 기차역에서 배웅할 사람들을 차에 태우고 오면 때를 맞춰 차 앞에 딱 드러눕는다. 돈을 안 주면 못 가는 것이다. 누워 있는 사람을 치고 갈 수는 없지 않은가. 할 수 없이 돈을 뜯기고 만다.

예전에는 노숙인들이 그런 방식으로 술값을 뜯어내거나 지나가는 여성을 졸졸 쫓아다녀서 혐오감을 느끼게 하는 방식으로 돈을 뜯어 술을 사 마셨다. 그래서 웬만한 여성들은 늦은 시간에 서울역 근처를 다니지 못했다. 그런 사람들에게 꾸준히 밥을 먹이고 치료해주면서 계몽하고 다독인 결과 효과가 나타나기 시작했다. 그들이 당면한 문제나 불만을 해결해주고 사랑으로 감싸주었기 때문이 아닐까? 이제는 서울역에서 그런 풍경은 찾아볼 수 없다.

나도 노숙인들을 무조건 감싸기만 하는 것은 아니다. 개중에는 내게 야단을 맞고 내쫓기는 친구들도 더러 있다. 굳이 노숙을 하지 않아도 되는데 거리에 누워 문제를 일삼고, 전체 노숙인에 대한 인식을 흐리는 사람들이다. 그러나 그 외에 95% 이상의 노숙인들은 건강에 문제가 있거나 경제활동을 할 수 없는 고령의 노인들이다. 겉으로 봐서는 눈에 띄지 않지만 안으로 남모를 질병을 가진 사람들이 대부분이다.

초창기에는 의료봉사자들을 불러 상처를 치료해주기 위해 메스를 대면 고름이 한 됫박은 터져 나오는 이들도 있었다. 동상에 걸린 노숙인들이 많은데다 환부를 치료하지 않고 오랫동안 방치해왔기 때문이다. 집이 없어 사시사철 길거리에서 살다 보니 겨울이면 손이 잘리고 발이 잘리고 귀가 잘린 사람들이 부지기수였다. 건강한 사람도 한겨울에 정신을 못 차릴 정도로 술에 취하면 아무데서나 자기 집인 양 깊은 잠에 곯아떨어진다. 몸이 허약한 노숙인들은 당연히 면역력이 떨어져 있는 상태인지라 만취 상태에서 잠이 들었다가 저체온으로 뻣뻣하게 얼어 죽는 일들이 있었다. 그러나 노숙인이 1년에 서너 명씩 얼어 죽어도 신문에 한 줄 나지 않는 것은 물론이거니와 그들에게 관심을 보이는 사람도 많지 않았다.

보다 못해 서울역에서 20여 개의 단체를 규합해 전국노인노숙인사랑연합회노사연를 만들어 노숙인들과 쪽방촌 노인들을 보살피는 일을 시작했다. 서울역 고가도로 밑에 헌혈의 집이 있는데, 그 옆에 40피트 컨테이너 몇 동을 이어 붙여 겨울철 동사 사고에 대비할 수 있는 노숙인 임시 숙소를 서울시와 함께 만들었다. 그것도 부족해서 서울역 파출소 앞 지하도에 공사장처럼 임시 숙소건물을 지었다. 그 뒤부터는 얼어 죽는 사람도, 동상에 걸려 손발이 잘리는 사람도 없어졌다.

서울역 광장에서 노숙인들이 술에 취해 잠들면 119에 전화해서 데려가 달라고 신고하는데, 다음 날 아침에 보면 죽어 있다. 영문을 물으니 인권 문제 때문에 본인 동의 없이는 데리고 가지 못한다는 대답이 돌아온다. 법 때문에 무단으로 데려갈 수 없다는 것이다.

그래서 그때부터 노숙인 관련 법을 만들려고 이리저리 뛰어다녔다. 인권이 무엇인가? 인간으로서 당연히 갖는 기본적인 권리로서 생명과 건강, 인격, 안전 등을 보장받아야 마땅하거늘 죽도록 내버려두는 것이 인권을 보호하는 조치란 말인가? 생명이 위급할 때는 상황에 맞게 그들을 살릴 수 있는 병원 또는 특정 장소로 이동시켜 일단 목숨부터 구한 다음에 인권을 다루어야 하지 않을까?

이 같은 취지를 계속 주장한 끝에 지금의 「노숙인지원법」이 생겨났다. 즉, 노숙인의 생명이 위급한 상황에 처해 있을 때는 인권을 잠시 유보할 수 있다는 조항을 넣어 만든 것인데, 여기에는 이낙연 국무총리의 역할과 공로가 지대했다. 이 총리는 국회의원 시절에 나를 도와 서울역 광장에서 여러 차례 밥퍼 봉사를 했으며, 〈노숙인의 겨울나기 현장 보고 - 서울역 사람들〉이라는 르포를 발표할 만큼 노숙인들에 대한 관심과 애정이 각별했다.

그네들이나 우리나 똑같은 사람이다. 처음부터 노숙자로
태어나는 사람은 없다. 관심이 있다면 무엇이든 도울 수 있
다. 단지 관심이 적거나 없다는 것이 문제일 뿐이다.

Chapter 3

밥은 하늘이다

화마를 극복한 손길

경기도 고양시 덕양구 행주외동의 '사랑의밥차' 기지가 화재로 전소되는 일이 발생했다. 인근 식당에서 발화된 불길이 밥차 기지까지 덮친 것이다. 불은 솥이 녹아내릴 정도로 맹렬히 타올랐고, 식당 건물 옆에 바짝 붙어 있던 밥차 기지에까지 옮겨붙었다. 밥차 안에는 조리용으로 쓰이는 20kg 가스통이 3개나 있었다.

"가스통이 터지면 다 죽는다!"

소식을 듣고 한걸음에 달려온 직원들은 운전석 뒤의 밥을 짓는 주방이 불타고 있는 상황이라 화상을 입을 정도의 뜨거운 열기를 견디며 차를 화재 현장에서 100m 정도 떨어진 곳으로 옮기고 가스통을 떼어냈다. 그야말로 일촉즉발의 순간이었다.

　2시간 만에 불은 꺼졌지만 주방의 급식 도구와 식료품 창고, 그리고 그 안의 생필품 창고까지 전부 전소되었다. 매일 500여 명의 독거노인들과 노숙인들에게 밥을 제공해왔던 밥차 기지는 완전히 불에 타 검은 흔적과 재 외에는 남아 있는 것이 없었다. 냉장고, 조리대, 창고 등 설비는 말할 것도 없고 기증받은 많은 쌀과 식재료까지 모두 소실되었다. 대장암 말기로 5개월 시한부 인생을 선고받은 한 여성이 자신의 음식점을 폐업하며 기증한 주방 기구, 인근 초등학생들이 한 줌씩 봉지에 담아 기부한 좀도리 쌀, 거창에서 고추 농사를 짓는 농부가 3년째 보내오던 엄청난 고춧가루도 잿더미가 되고 말았다. 노숙인과 소외 계층에게 지원할 옷가지를 모아둔 의류 창고며, 후원자들의 사랑과 마음을 모아 채워둔 물품 창고까지 무엇 하나 남김없이 모두 불에 타 재가 되고 말았다.

　돈으로도 살 수 없는 것들까지 사라졌다. 내가 소장하던 만 권이 넘는 책과 논문, 칼럼집, 20대 연애 시절에 아내에게 보낸 수많은 편지들을 비롯해 각종 중요한 문서 자료와 내 평생의 발자취가 담긴 60년 세월의 흔적들이 깡그리 없어졌다. 사진과 귀중한 자료들이 담긴 앨범 50권과 내 소중한 애장품들을 보관한 컨테이너 내부까지 전부 불에 타 재가 되고 말았다.

그런데 묘한 마음이 들었다. 걷잡을 수 없이 불타오르는 무서운 불길을 막막한 심정으로 바라보고 있는데 마음 한곳에서는 하나님이 계획하시는 뭔가를 보여주고 들려주시는 것 같은 생각이 들었다.

'세상은 밥차를 활활 태웠지만 하나님은 이 화재를 통해 당신의 나라를 더 크게 다시 저 불꽃처럼 활활 일으켜 세우시리라.'

나쁜 일은 같이 온다고 했던가. 화재로 망연자실한 와중에 도둑까지 들었다. 도둑은 기지 내부에 있던 불탄 식판과 숟가락 등 쇠붙이란 쇠붙이는 죄다 훔쳐갔다. 밥차 운영이 중단되지 않으려면 식료품을 저장할 수 있는 냉장고와 저온 창고, 주방 등이 필요했다. 실제 피해 액수는 건물 피해를 제외하고 4억 6천만 원 정도였지만 다시 밥차 환경을 마련하려면 약 5억 원 이상이 필요했다. 설상가상으로 밥차가 있던 땅이 무상으로 빌려준 건물주의 부채로 인해 싼값으로 경매에 넘어가 쫓겨날 위기에 처했으니 눈앞이 캄캄했다. 경매에 넘어가는 땅이라도 건져볼 요량으로 당시 밥차 홍보대사인 가수 김장훈씨와 독지가 나병기 사장님의 도움으로 고양법원에 가서 노숙인들과 함께 대규모 시위도 했다. 당장 매일 밥차를 기다리는 1,000여 명에 가까운 쪽방촌 노인들과 노숙인들이 꼼짝없이 굶을 처지에 놓였다.

사정이야 어떻든 모든 화재의 책임은 우리 본부가 져야 했다. 게다가 줄곧 후원해왔던 대기업의 지원이 모두 끊겼고, 후원금은 10분의 1 수준으로 줄어들었다. 밥차 운영비를 제외한 모든 비용을 철저히 줄여야 했다. 더 줄일 것도 없는 앙상한 살림이거늘.

당시 열두 명의 사회복지사가 밥차를 비롯한 4개 사업을 책임지고 있었는데, 4~5개월 정도 임금이 밀리면서 다섯 명만 남게 되었다. 모두가 말할 수 없이 힘들었지만 밥차를 멈출 수 없으니 남아 있는 우리라도 밥차를 빌려서(브이원정대 밥차) 기다리는 그들을 향해 계속 달려야 했다.

화재 이튿날부터 밥차 직원들과 자원봉사자들은 각자 집에 있는 냄비와 밥솥, 그릇 등을 총동원해 500인분의 식사를 겨우 만들어냈다. 식단은 어쩔 수 없이 간소해졌다. 밥과 된장찌개, 깍두기나 김치가 전부였다. 봉사하는 봉사자들과 직원들 그리고 밥을 먹기 위해 줄을 선 노숙인, 쪽방촌 노인들도 서로 말이 없었다. 식사를 마친 노인들이 빈 식판을 건네며 조심스럽게 눈인사를 할 뿐이었다.

이렇게 어려운 사정이 세상에 알려지자 가장 먼저 손을 내민 것은 개인 후원자들이었다. 폐지로 하루에 많아야 5,000원을 겨우 버는 할머니는 20,000원이라는 돈을 기부했다. 허리가 90도로 굽은 할머니였는데, 손수레를 끌며 일주일 내내 번 돈이었다. 비가 오는 날도 식사를 하러 오셔서 감사하다고 인사를 했더니 손사래를 치신다.

"그냥 고마워서 한 일이죠. 나 같은 노인들을 항상 따뜻한 음식과 사랑으로 친절하게 챙겨주니까 내 작은 마음의 표시인걸 뭐."

"허리도 아프실 텐데 너무 무리하지 마세요."

"웬걸. 아들이 당뇨병으로 앓아누웠어. 그 애를 책임지려면 어떻게든 힘을 내야 해. 이곳에서 차려주는 밥이라도 먹으니 다행이지. 그 밥심이 내 온 힘이여. 몸은 이렇게 굽었어도 밥은 잘 먹어. 그러니 아직도 일할 수 있는 거지. 점심은 여기서 먹고 저녁은 집에 가서 아들과 함께 먹어. 주변에서 반찬도 주고 해서 잘 먹고 살아. 그래도 감사해. 우리 밥차 봉사하는 예쁜 젊은이들, 고마워요. 나를 이렇게 사랑해줘서. 여러분들을 통해 하나님 사랑을 느끼며 기쁘게 살아요."

그때 한쪽에서 식사를 마치고 일어서던 70대 할머니가 우리에게 다가오셨다. 밥차가 올 때마다 남편 손을 잡고 점심을 먹으러 오시는 낯익은 얼굴이었다.

"정말 맛있게 먹었어요."

그러더니 가슴께에서 흰 봉투를 하나 꺼내 우리에게 내밀었다. 가쁜 호흡으로 쉰소리를 내면서 힘겹게 말을 이어갔다.

"후두암을 앓고 있어서 목소리가 잘 안 나오니 양해해주세요. 많이 힘드시죠? 반찬값에 보태세요."

봉투 안에는 30만 원이 들어 있었다. 수없이 폈다 접었다 한 흔적이 있는 1만 원권 28장과 1천 원권 20장이었다.

"없는 형편에 암 치료를 하러 병원 다니느라 여러모로 힘들었는데, 손수 차려주는 점심 한 끼가 큰 위로가 됐어요. 몇 푼씩 짬짬이 모은 돈이라 얼마 안 돼요. 밥차에 보태주세요."

할머니는 쪽방에서 남편의 간호를 받으며 투병 생활을 하는 기초생활수급자였다. 돌려드릴 수도 없는 마음을 받고 기뻐해야 할지 슬퍼해야 할지 참으로 마음이 복잡했다. 그날 밥차 사무실로 독일에서 전화 한 통이 걸려왔다. 42년 전 간호사로 파견된 70대 한국인 여성이었다.

"쪽방촌 노인들을 돕는 일이 어렵게 되었다는 기사를 봤는데, 한국에 계신 부모님 생각이 났어요. 얼마 안 되지만 제 마음을 받아주세요."

그러더니 곧바로 밥차 계좌로 200유로, 한화로 약 28만 원을 보내주셨다. 그리고 또 한 분의 할머니도 봉투 하나를 내미셨다.

"나한테 밥 주는 데는 여기밖에 없어요. 밥차가 문 닫으면 안 돼요."

봉투 안에는 누런 틀니가 들어 있었다. 놀라는 표정으로 할머니를 바라보니 작은 목소리로 귀뜸하셨다.

"이 금을 떼어서 밥차 운영에 써줘요."

틀니 사이에 쌀알 한 톨 크기의 18K 금이 붙어 있었다.

"아휴, 아닙니다. 마음만 고맙게 받겠습니다. 이거 없으면 밥은 어떻게 드시려고요?"

"안 받으면 내가 밥을 또 어떻게 먹으러 오겠어요. 너무 작아서 좀 그렇죠?"

"아닙니다. 알겠습니다."

그뿐 아니었다. 다른 할머니는 고무줄로 끝을 동여맨 라면 봉지를 들고 나타났다. 봉지에는 금이 씌워진 치아가 뿌리째 들어 있었다.

"밥차가 불타서 많이들 어렵다고 들었어요. 우리는 나중에 틀니 하면 되니까…."

이런 식으로 노인들이 건넨 치아 보철은 금과 은을 합해서 9개나 되었다. 밥차를 돕기 위해 치과에 가서 강제로 떼어낸 것들이었다. 어쩔 수 없이 받기는 했지만 쓸 수는 없었다. 쓰러져 갈 때 고난을 극복하고 이길 수 있는 힘을 준 온정의 증거물로 기념하고 싶어서 아직까지 잘 보관하고 있다.

하나님이 차리신 밥상

이들의 작은 기부가 잿더미가 된 절망에 희망의 씨앗을 뿌렸던 것일까. 우리의 화재 사건이 50개가 넘는 크고 작은 언론 매체에 실시간으로 방송되거나 지면에 실렸다. '사랑의 빨간 밥차' 기지가 전소되었다는 소식이 KBS, MBC, SBS를 비롯한 모든 지상파 방송 뉴스 시간에 신속하게 보도되어 전 세계에 알려지게 된 것이다.

화재 이튿날인 월요일이었다. 아침 일찍부터 인천 서구의 추장군이라는 추어탕 집에서 전화가 걸려왔다.

"추어탕도 기부할 수 있나요?"

"물론입니다. 감사합니다. 그런데 현재 우리에겐 추어탕을 담아올 그릇이 없습니다."

"괜찮습니다. 저도 장사하면서 힘든 일을 자주 겪다 보니 어려운 처지에 놓인 사람들을 보면 남의 일 같지가 않아요. 비록 적지만 제가 할 수 있는 방식으로 도움을 드리고 싶습니다."

그러고는 부평역으로 추어탕 500인분과 반찬들을 여러 개의 통에 담아서 일회용 그릇과 수저까지 보내왔다. 그리고 덧붙이기를 자신의 가게 이름을 절대로 알리지 말아 달라고 신신당부까지 했다. 추어탕 기부 이후에도 기부 릴레이는 계속되었다. 하나님이 일하고 계셨다.

그다음 날인 화요일에는 한솥도시락으로부터 서울역으로 도시락 700개를 제공받게 하셨다. 수요일에는 은혜의 짜장차를 통해 짜장면 700그릇을 주안역 광장으로 제공받게 하셨다. 목요일에는 신선설렁탕에서 부평역으로 500그릇의 설렁탕을 보내게 하셨다. 금요일에는 본죽도시락에서 최고급 한정식 도시락 700개를 서울역에 지원하도록 역사하셨다. 다시 월요일에는 영등포의 호수삼계탕집을 통해 들깨죽 삼계탕 500그릇을 가져다주셨다.

그뿐인가. 전국에서 계속 도움의 손길이 앞다투어 도착하는데, 정신을 차릴 수가 없을 정도였다. 서울 목동에 있는 두

리유통에서는 8kg짜리 떡을 79박스나 보내왔고, 우진물산에서는 10kg짜리 김치를 20박스나 보내왔다. 서울 사랑의열매에서도 후원금이 왔고, 고려아연은 사랑의열매 중앙회를 통해 2억 원 상당의 5톤짜리 밥차 한 대를 쾌척해주었다. 현대백화점 그린푸드는 사골국 농축액과 냉동 고등어 등의 식재료를 기부했다. 서울 가양동의 한 교회는 아예 주방을 빌려주었다. 화재로 인해 주방이 기존의 절반 규모라 밥을 두세 번 나눠서 해야 했는데, 마음 놓고 조리할 수 있는 터전이 생긴 셈이다.

가나안 농군학교에서도 식판을 보내주었다. 서울 강남구청에서는 식재료를 보관할 수 있는 창고를 제공하고, 관내 유치원과 어린이집에서 고사리손으로 모은 동전 800만 원을 기부해주었다. 창업 전문 기업 엠케이창업에서도 밥차를 후원하고 봉사활동을 지원하겠다고 뜻을 전해왔다. 서울 사회복지공동모금회에서도 모금액을 보내왔다. 전부 열거할 수 없을 만큼 수많은 개인과 단체들이 어려운 이웃에 대한 사랑을 십시일반으로 불탄 밥차에 보태고 있었다.

모든 것이 날아가버렸다고 생각했는데 밥차의 이웃 사랑은 더 넓게 불길처럼 번져갔다. 하나님께서는 많은 노숙인들과 쪽방촌 노인들, 그리고 여러 역 광장에서 밥차를 통해 식사를 하는 사람들의 지치고 힘든 삶을 위로하셨다.

하나님께서는 화재 사건을 그들의 영혼을 구원하기 위한 축제의 장으로 바꿔놓으셨다. 화마에 휩쓸려 아무것도 남은 것이 없었지만 단 하루도 그들의 무료 급식이 끊어지지 않게 하셨다. 절망 가운데 있는 엘리야에게 까마귀를 시켜 아침저녁으로 떡과 고기를 물어 나르게 하시어 엘리야를 먹이신 것처럼, 밥차가 가는 거리에는 매일매일 놀라운 기적이 일어났다. 일주일 동안 색다른 밥을 먹던 사람들이 한마디씩 했다.

"목사님은 불나서 몹시 힘드시다는 거 아는데, 우리는 목사님 덕분에 이렇게 맛있는 별식을 다 먹네요."

"하나님이 어르신들 대접하시려고 이번 일을 일으키셨나 봅니다. 그러니 맛있게 드시고 늘 건강하세요."

밥차의 화재 사건을 통해 하나님은 약 1,000명에 달하는 사람의 마음에 복음을 심으셨다. 밥을 먹는 사람이나 후원하는 사람이나 모두 화재의 폐허에서 푸짐한 밥상이 차려지는 기적을 생생하게 목격한 것이다. 하나님은 나와 우리의 신앙

고백을 들으시고 사랑의쌀나눔운동본부와 밥차를 불꽃처럼 타오르게 하셨다.

어디를 가든 힘주어 간증하는 사례가 있는데, 바로 이런 고난 속에서도 우리는 단 하루도 밥차를 쉬지 않았다는 것이다. 국가적 재난인 사스가 오고 메르스가 왔을 때도 밥차에서 밥을 만들어 제공했다. 다른 봉사 단체는 문을 닫아도 우리는 밥차의 문을 닫지 않았다. 노숙인은 한 끼 밥이 하루 유일한 식사일 수도 있는데, 전염병 때문에 문을 닫는다면 그것은 우리들만의 생명을 생각하는 것이지 노숙인들을 생각하는 것이 아니기 때문이다. 특히 노숙인들은 규칙적으로 식사를 하지 않으면 면역력이 더 떨어져서 질병에 노출되기 쉽다. 그래서 우리는 사명감과 의무감을 갖고 더럽혀진 노숙인들의 손을 세정제로 다 씻겨서라도 식사를 하도록 했다.

나눔 방주의 큰손들

"다음 열 분 올려 보내주세요. 그쪽부터 차례로 앉으세요."

"아기 밥이요."

"아기 밥 하나요. 거기 상 닦아주시고요. 다음 열 분 올려 보내주세요."

우렁찬 목소리의 남자 직원이 웃음기 없는 진지한 목소리로 식당 안이 울리도록 무전기에 명령(?)을 내린다.

지금은 서울시에서 날씨에 관계없이 안전하고 쾌적하게 봉사를 할 수 있도록 건물을 제공해준 덕분에 노숙인들이 실내에서 밥을 먹고 있다. 서울역의 경우 1층부터 3층까지 모두 식탁이 있는데, 별도로 마련된 대기실에서 기다리는 노숙인을 급식장에 들여보내도록 무전기를 통해 먹고 나간 빈 자리 수를 전달하면, 이들은 차례대로 들어와 식탁 사이를 오가며 빈자리를 확인하는 직원의 안내에 따라 자리를 잡는다.

그때 식사량이 적은 사람은 '아기 밥'이라고 말하고 자리로 들어간다. 그러면 일일 봉사자들이 소량의 밥과 반찬이 담긴 식판을 해당 노숙인의 테이블에 놓아준다. 한 끼의 식사로 충분한 양이지만 추가로 음식이 더 필요한 사람은 자리에서 손을 든다. 그러면 봉사자가 몇 번이고 더 먹을 수 있도록 가져다준다.

식사를 마친 사람들이 퇴실하면 역시 일일 봉사자들이 다음 사람들이 앉을 수 있도록 식탁 사이사이를 다니며 행주로 식탁을 닦는다. 그러면 빈자리를 확인한 직원이 다시 무전을 하고 대기실에서 기다리고 있던 한 무리의 사람들이 올라와서 자리에 앉는다. 이런 순서가 완벽한 호흡이 되어 흐트러짐 없이 계속 이어진다.

어느 자원봉사자가 다소 기계음처럼 무전을 반복하는 직원을 보고 감동했다는 말을 한 적이 있다.

"저는 여기 오면서 밥차를 움직이는 주체를 오해했어요. 밥차 하면 언뜻 미소 띤 얼굴로 식판을 들고 다니는 봉사자들이 먼저 떠올랐거든요. 그런데 막상 여기 와 보니 봉사는 감상이 아니었어요. 우리 집이라면 한두 끼 안 차리고 사 먹는다고 누가 뭐라 하겠어요. 그런데 밥차의 음식을 준비하시는 봉사자들은 말이 봉사지, 완전히 여기에 매인 분들이잖아요. 게다가 무전기를 든 저분을 보는 순간 봉사에 대한 제 생각이 얼마나 짧았는지 깨달았어요. 처음엔 좀 딱딱한 분이라고 생각했는데, 만약 저분이 저렇게 절도 있게 급식 현장을 지휘하지 않았더라면 비좁은 이곳이 얼마나 무질서했을까 하고 느끼게 되었어요."

힘겹게 살아가는 소외된 이웃에게 사랑이 담긴 따뜻한 식사 한 끼를 대접하기 위해 수많은 남녀 봉사자들이 이른 아침부터 밥차가 있는 역전광장으로 자신의 모든 것을 잠시 뒤로하고 모여든다. 한자리에 모인 봉사자들은 각자 역할을 나눠 천막을 치는 팀, 식탁과 의자를 설치하는 팀, 또 음식을 만드는 팀, 배식을 하는 팀, 설거지하는 팀으로 구성되어 자기 역할에 충실히 움직인다.

한 시간 남짓 배식이 끝나면 봉사자들도 남은 음식으로 식사를 한다. 남성 봉사자들은 설치된 임시 급식소 천막과 식탁, 그리고 의자를 철거해서 역전광장에 보관할 장소가 없으므로 다시금 밥차에 싣고, 여성 봉사자들은 모든 식판과 수저를 씻어 살균기에 넣고 뒷정리까지 마친다. 그러면 오후 2시 30분. 이로써 점심 한 끼를 대접하는 봉사자들의 일정이 모두 끝나게 된다.

그러나 이것이 끝이 아니다. 밥차를 운행하는 담당 직원과 고정 봉사자 두 명은 다시 역 광장을 떠나 급식 재료로 사용할 농산물을 공급해주는 삼산농산물도매시장으로 달려간다. 중도매인들이 후원해주는 농산물을 가득 실은 밥차가 운동본부에 도착하면 열 명이 넘는 봉사자들이 기다렸다가 이 농산물들을 다듬어 다음 날 급식에 쓸 식재료를 준비한다. 그것까지 다 마친 오후 5~6시가 되어야 진짜 밥차의 하루 12시간 일정이 모두 끝난다.

현재 운영 중인 밥차는 총 열한 곳에서 만날 수 있다. 매주 월요일과 목요일에는 인천 부평역, 화요일에는 계양구와 서구, 수요일에는 계양과 주안역에서 밥을 제공한다. 매주 금요일에는 계양과 서울역에 밥차가 출동한다. 이외에도 전북 4개 지역에서 동일하게 무료 급식을 하고 있다. 밥을 한 번 할 때마다 한곳에서 봉사하는 사람이 40~50명 정도이니 지금까지 거쳐 간 자원봉사자만도 대략 100만 명이 훌쩍 넘는 셈이다.

초창기 자원봉사의 큰 축을 담당했던 단체는 대한주택건설협회와 대한주택보증이었다. 내가 80년대 초에 주택협회 창립을 주도했었기에 절대적으로 큰 힘이 되었다. 처음 운동 본부가 태동해 참으로 어려울 때 회의실을 사무실로 빌려준 곳도 대한주택건설협회였다. 당시 모델 하우스에 꽃 화환 대신 쌀 화환으로 전시를 해놓기도 했다. 의미는 좋았지만 모델 하우스의 화려하고 환한 분위기를 감소시킨다는 이유로 우여곡절 끝에 쌀 화환 보내기 캠페인은 2년 만에 종료되었지만 말이다.

나눔은 확장되는 속성을 가졌다. 봉사는 처음 시작하기가 어려워서 그렇지, 막상 한번 시작하면 멈추기가 어려운 아름다운 중독성이 있다. 우리 일만 해도 7, 8년~10년을 쉬지 않고 밥차가 있는 모든 장소에서 꾸준히 봉사하는 분들이 있다. 먹는 사람과 봉사하는 사람도 점점 늘어나서 밥차는 연일 만원 상태다.

고마운 봉사자들이 없었다면 밥차는 지금까지 달려오지 못했을 것이다. 밥차 봉사자들은 정말 헌신적이다. 사정하거나 부르지 않아도 눈이 오나 비가 오나 빠지지 않고 스스로 나온다. 심지어 직접 농사지은 것들까지 바리바리 싸 들고 오는 분, 낚시를 해서 잡은 생선이나 조개, 낙지를 잡아서 가져오시는 분들도 있다. 개인과 개인이, 단체와 단체가 힘겨운 이웃을 생각하며 팔을 걷어붙이는 모습을 보면서 나는 날마다 하나님의 은총과 자원봉사자들의 위대한 힘을 느끼곤 한다.

특히 사회복지사들과 봉사자들은 식사 준비부터 식사 시중, 설거지와 정리까지 쉴 새 없이 움직인다. 파와 양파는 거의 모든 음식에 들어가는 재료이다 보니 약 500명분의 재료를 다듬고 자르는 일은 정말이지 매워서 '눈물 콧물까지 짜내야 하는' 고된 노동이 아닐 수 없다.

초창기 때 설거지 팀 봉사자들의 고생 또한 이만저만이 아니었다. 노숙인들이 오랫동안 씻지 않은 손으로 만진 식기들이다 보니, 이를 살균 처리하기 위해 푹푹 찌는 한여름의 무더위에도 식기를 찜통이 든 밥차 가마솥에 넣고 끓여야만 했으니 말이다.

그러나 이런 것들은 차라리 쉬운 일에 속했다. 기쁜 마음으로 봉사를 나왔건만 대기석에 있던 어르신들과 노숙인들이 질서를 무시하고 자리다툼을 하거나 욕심을 부리는 모습은 봉사의 기쁨마저도 반감시킬 때가 있었다. 게다가 술에 취한 노숙인이 이유 없이 봉사자의 뺨을 때리기도 하고 등을 할퀴기도 했다. 욕설을 퍼부을 때는 허탈하고 섭섭한 마음이 드는 것도 사실이다.

"그래도 식판을 비우고 갈 때 '맛있게 잘 먹었다, 수고가 많다, 고맙다'는 인사 한마디 건네고 가시면 온갖 수모나 고생스러운 마음도 눈 녹듯 사라지고 다음 날이면 또 이곳에 와 있어요."

"한푼 두푼 모아 정부 지원 없이 어렵게 운영되는 밥차의 반찬값에 보태라고 쌈짓돈을 내놓을 때는 정말 가슴이 뭉클합니다. 비록 적은 돈이지만 그분들 생활을 우리가 다 알고 있으니까요. 그 진심을 받으며 도리어 우리가 사랑받고 간다는 마음이 들죠."

여기저기서 봉사를 하겠다고 오는 사람이 많다. 그런데 나는 아무리 봉사자가 귀해도 항상 분명한 기준을 세우고 있다. 특히 학생들이 봉사 점수를 채우기 위해 올 때 절대 거짓으로 봉사 시간을 늘려서 적어주지 않는다. 우리에게는 자원봉사자가 절대적으로 필요하지만 명목상 봉사를 했다는 증거를 위해 대충 때우러 오는 경우는 전혀 달갑지 않다. 봉사는 머리와 가슴, 눈을 하나로 모아야 한다. 따뜻한 가슴 없이, 마주 보는 눈길 없이, 머리로만 하는 봉사는 제공받는 사람들이 더 먼저 안다.

몸은 봉사의 자리에 와 있는데, 성의 없이 눈치만 보다가 가면서 봉사시간을 넉넉하게 써줄 수 없는지 묻는 학생과 학부모들이 꽤 있다. 냉정하다 싶지만 나는 철저히 봉사한 시간대로 기재해준다. 봉사는 적선도 아니고 자랑도 아니다. 우리의 가치 있는 삶이 되어야 한다.

그래도 나는 더 많은 사람이 밥차 봉사를 하길 바란다. 억지로든 자원해서든 한 번이라도 여기서 봉사를 해보면 동시대를 살아가는 우리 이웃들의 모습이 얼마나 다양한지 깨닫게 되고, 우리가 관심을 기울여야 할 곳이 많다는 것을 이론이 아닌 체험으로 배울 수 있기 때문이다.

서울역과 달리 주안역과 부평역은 아직 야외에서 밥을 차린다. 그때마다 자원해서 찾아오는 재능기부 봉사자들이 있다. 이들은 급식 수혜자들이 환하게 웃으며 기분 좋게 식사를 하도록 연주나 노래를 들려준다. 봉사자들의 그런 헌신을 무엇에 비유할 수 있을까.

이런 봉사자들이 힘 있게 움직일 수 있는 것은 또한 큰손 후원자들이 있기 때문이다. 우리 본부가 하는 모든 봉사의 진행은 정부의 지원 없이 개개인이 보내주는 후원금과 물품으로 이루어진다. 어린아이들이 보내는 1,000원짜리부터 착한 사업장들이 보내는 십시일반 후원금까지 정말 다양하다. 특히 매일 밥상을 차릴 수 있도록 해당 지역의 중소 상공인들이 연합해 식재료를 보내준다. 시장의 200여 업체가 고춧가루도 보내고, 된장도 보내고, 쌀과 채소, 과일도 후원해주고 있다.

특히 연안부두의 신한수산과 신한유통은 기억에 많이 남는다. 가을 전어가 얼마나 맛있고 비싼가.

"쪽방촌 독거 어르신들이 생각나서요."

그는 가을만 되면 펄떡펄떡 살아 있는 가을 전어를 천 마리에서 오천 마리까지 보내준다. 또 회를 뜰 수 있는 싱싱한 방어 수십 또는 수백 마리를 한 해도 거르지 않고 수년 동안 보내주고 있다. 가히 '큰손 후원자'들이다. 이런 분들의 따뜻한 사랑과 정신이 모여 비로소 밥차가 존재하는 것이며 우리는 그 밥차의 대역을 하고 있을 뿐이다. 어려운 이웃을 먹이라는 하나님의 뜻과 명령으로 알고 쉬지 않고 거리의 밥상을 차릴 것이다.

내 부양가족은 5,500명

　대개 부양가족이라고 하면 부부가 책임지고 있는 자녀들과 부모 정도의 규모를 떠올린다. 그러나 내 어깨에 놓인 부양가족은 5,500명이다. 물론 이 사람들을 나 혼자서 벌어 먹인다는 뜻은 아니다. 당연히 매번 지출해야 하는 운영비가 만만치 않다. 급식 사업을 포함한 본부의 한 달 운영비는 약 1억 원이 든다. 나로서는 벅찬 금액이 아닐 수 없다. 무료 급식을 위한 밥차 차량이 네 대인 데다가 부자재비와 인건비 등이 들다 보니 여러 곳에서 보내주는 물품과 쌀, 부식과 농산물을 제외하고도 매월 5천 만원 정도의 현금이 있어야 가까스로 굴러간다.

　사람들은 우리에게 들어오는 물품의 양을 보고 이 정도면

섬김을 행하는 데 부족함이 없을 것 같다고 생각한다. 물론 본부로 들어오는 후원은 무척 다양하고 양도 많다. 매월 약정한 금액으로 후원하는 현금 후원도 있고, 몸이나 재능으로 섬기는 후원자도 있으며, 공산품이나 식품 등 먹을거리의 물량도 상당하다. 그런데도 운영비가 늘 적자인 것은 다른 곳에 이유가 있다. 우리와 같은 많은 기관은 정부에 지원금을 요청해서 쓰기도 하는데 우리는 정부 예산을 단 한 푼도 쓰지 못하고 있기 때문이다.

우리는 개개인이 십시일반으로 후원해서 운영되는 비영리 사단법인이다. 정말 많은 곳에서 후원을 해주는데, 기업에서 받는 기부 물품의 대부분은 소득공제용 기부 영수증 처리를 해주어야 한다. 기업은 우리에게 후원함으로써 사회 환원의 봉사를 하는 셈이다. 그러면 그 기업은 기부한 일부를 나라에서 세금 공제를 받는다. 우리는 그렇게 들어온 수많은 물품을 필요로 하는 미자립시설과 단체에 아낌없이 나눠준다. 그러나 현금 후원은 늘 부족하다. 여기서 바로 불법이 양산되는 것이다. 솔직히 나는 불법의 유혹을 자주 받는다.

"목사님, 다른 곳도 그렇게 많이 합니다. 후원받는 그 물건들을 우리에게 주시면 현금은 적지 않게 준비해드리겠습니다."

　기증받은 물품을 다른 필요한 곳에 넘기고 현금을 확보하라는 유혹이다. 우리가 받은 물품을 주면 그 대가로 현금을 주겠다는 것이다. 얼마나 매력적인 유혹인지 모른다. 그러나 나는 지금까지 단 한 번도 그런 부탁이나 유혹에 응한 적이 없고, 앞으로도 그럴 것이다. 그럼에도 불법의 유혹은 자주 그리고 강하게 부실한 살림 주머니의 문을 두드린다.

　물품 후원은 그 후원 단체에서 이미 기부금으로 사용처를 명시해놓은 것인데, 그것을 우리가 또 판매한다면 탈세가 된다. 좋은 일을 한다는 명목으로 법을 어긴다면, 그 봉사의 의미는 퇴색하고 만다는 것이 내 양심이고 정신이며 신앙이다. 우리와 유사한 봉사를 하는 단체들도 사정은 마찬가지다.

　그래서 사실은 이미 기부를 하고 있는 분들께 솔직하게 당부하고 싶은 말이 있다. 소외된 이웃을 위해 좋은 일을 하고 싶다면 순수한 마음으로 기부를 해주었으면 좋겠다. 기부금이라는 영수증을 요구하지 않는 기부를 해야만 봉사 단체에서 실질적으로 필요한 부분을 채울 수 있기 때문이다. 우리가 1년에 한 번 실시하는 바자회는 영수증을 요구하지 않고 순수하게 후원하는 물품만을 판매해서 부족한 재원을 일부라도 채우는 자리다. 그런 기부 물품은 얼마든지 저렴하게 판매해서 그 수익금을 오롯이 봉사에 쓸 수 있다.

영원한 버팀목, 이정숙 장군님

내게는 피와 삶을 나눈 세 명의 여인이 있다. 한 분은 오래 전에 돌아가신 어머니이고, 또 한 사람은 아내이며, 또 하나 는 딸아이다. 이 세 명의 여인은 하나님 다음으로 내 삶의 인 격을 만들어가는 '석수장이'다. 모나고 이지러진 내 모습을 부드럽게 다듬어 나를 날마다 다시 태어나게 해준 사람들 이다.

어머니는 내게 물질적인 유산은 남겨주지 못하셨지만 강 인한 정신력과 포기하지 않는 억척스러움을 몸소 보여주셨 다. 내가 나 하나를 위한 삶에서 하나님의 부르심을 받은 종 으로 사는 모습을 다 보지 못하고 소천하신 것이 못내 안타 깝지만 어머님이 걸어오신 자취를 옳다고 믿으며 살아가는 나를 보신다면 흐뭇해하셨을 것이다.

딸은 내게 아픈 손가락이다. IMF라는 폭풍우 휘몰아치는 삶에 치어 제대로 보살핌을 받지 못했다. 내 사업으로 잘나갈 때나 사회사업을 하는 지금이나 그 애만 오롯이 봐주지 못해 늘 미안한 마음을 안고 산다. 지금은 직장생활과 신앙생활을 충실히 하면서 건강한 크리스천으로 자신의 길을 가고 있으니 그저 고맙고 감사할 뿐이다.

그리고 아내다. 지난 5월 20일에 있었던 일이 아직도 기억에 생생하다. 밥차 봉사를 하노라면 별별 사람을 다 만나는데, 같은 자리에서 10년이 넘도록 밥을 먹으면서도 제 버릇을 버리지 못하는 사람들이 있다. 술에 취해 행패를 부리는 노숙인이 오는 날이면 점심시간이 흡사 전쟁터가 된다.

밥차 봉사를 다녀간 사람은 알겠지만 좋은 일을 한다고 마냥 부드럽게 대할 수만은 없는 경우가 발생한다. 점심시간 1시간 동안 최대 500여 명이 밥을 먹고 나가려면 혼잡을 피하기 위해서라도 누군가 쓴소리를 할 사람도 필요하다. 나는 다른 사람들의 편안한 식사 시간을 위해 그런 사람들에게 단호히 하자는 편이고, 아내 생각은 사랑의 매는 속으로 때리고 그래도 무조건 밥을 먹이자는 쪽이다.

아내와 나 사이의 갈등은 딱 하나다. 이웃에 대한 이 사랑의 표현법 차이다. 아내는 예정되었던 나눔보다 항상 더 주려고 한다. 나는 나눠야 할 곳이 많으니 공평하게 하자는 주의다 보니 아내와 자주 부딪칠 수밖에 없다.

그날도 이런 문제로 서로의 주장을 펼치다가 언성이 높아졌다. 마침 그날은 바자회 일정이 있어서 아내가 일찍 차를 타고 나갔다. 좀 전에 아내가 출발한 것을 분명히 보았는데 금방 되돌아왔다. 그러고는 멍한 표정으로 나를 보더니 힘없이 말하는 것이었다.

"여기… 우리 집 맞아요? 우리 아버지 있나요?"

똑같은 말을 계속 반복하는 아내를 보니 심장이 내려앉는 것 같았다.

"여보, 왜 그래? 무슨 일이야?"

아내가 뭔가 잘못된 것 같아 겁이 덜컥 났다. 곧바로 우리 부부를 진료해주는 병원장에게 전화를 걸어 아내의 상태를 말하고 도움을 요청했다.

"갑작스럽게 정신적 충격을 받으면 일시적으로 모든 기억을 잃어버리는 현상이 나타나는 경우가 있어요. 안정을 취하면 기억이 돌아오기도 하니 너무 걱정하지 마세요. 혹시 기억이 돌아오지 않으면 바로 병원으로 모시고 오세요."

병원장의 말대로 한참 안정을 취하자 정신이 돌아온 아내가 이렇게 말했다.

"차를 탔는데, 내가 왜 거기에 있는지, 그리고 어디를 가려고 나온 건지 도무지 생각이 나지 않아서 집으로 다시 왔어요."

올해로 나는 일흔이 되었고, 아내는 나보다 다섯 살 아래다. 밥차로 밥을 먹으러 오는 사람들 가운데 90세가 넘는 할머니가 계신데, 아내만 보면 손을 잡는다. 그리고 딸 같은 아내에게 이렇게 말씀하시곤 한다.

"우리 엄마, 아프면 안 돼!"

밥차의 급식 현장에서는 90세 어르신에게도 '엄마'가 되는 예순 다섯의 아내. 표현은 안 했지만 그런 아내가 정말이지 대단한 장군처럼 느껴질 때가 많다. 아무것도 없는 나를 배우자로 택해 지금까지 43년 동안 살아오면서 한 번도 자신이 있어야 할 자리를 벗어나지 않고 성실히 지켜왔다.

사업이 한창 잘나가던 젊은 시절, 나는 가정에 소홀할 때가 많았다. 오죽했으면 처제들이 아내에게 이혼하라고까지 했을까. 그즈음 우연히 아내가 처제들에게 하는 말을 들었는데, 나는 감동해서 고개를 숙이고 말았다.

"나는 남편을 믿는다. 너희도 그랬으면 좋겠다. 진흙을 봐라. 손으로 꽉 쥐면 손가락 사이로 다 빠져나가고 남는 게 없다. 대신 두 손으로 받들면 손바닥 안에서 딴 길로 새지 않고 그 안에 머물게 된단다."

아내가 없으면 밥차의 운영은 사실상 곤란해진다. 시장에서 들어오는 채소류를 다듬다 보면 절반 이상을 버리게 되고 그렇게 꼼꼼히 추려낸 것으로 다음 날 식단을 준비해야 한다. 이처럼 급식에 필요한 모든 계획부터 밥차 운영의 전반적인 일을 도맡아 하는 사람이 아내다. 만약 아내가 그 일들을 전적으로 맡아주지 않았더라면 지금까지 밥차 운영은 엄두도 내지 못했을 것이다.

물론 나와 아내 모두 첫 발자국부터 온전히 하나님만 붙든 것은 아니다. 특히 명절에는 더욱 그랬다. 6남매의 맏딸인 아내는 가족이 모두 모여 명절 음식을 준비하는 일에 늘 빠지게 되어 처가에 본이 되지 못했다. 아내는 내게 명절만이라도 쉬자고 했었다. 그러나 이제는 명절에 자원봉사자가 없으면 처제와 동서들, 조카들까지 총출동시켜 차질 없이 배식을 할 수 있게 만들고 있다. 우리 부부가 한곳에서 성실히 움직

인 결과, 가장 가까운 형제부터 동역자가 되었다는 사실이
참으로 감사하기만 하다.

KBS의 〈아침마당〉이라는 방송에 나갔을 때의 일이다. 당
시 진행자였던 이금희 아나운서가 아내에게 물었다.

"회장님 사모님에서 지금은 밥차 아줌마가 되셨는데, 어떠
세요?"

"지금이 훨씬 더 행복하고 좋습니다. 옛날에 다 해봤는데
요, 뭐."

아내가 나를 탓하지 않고 그렇게라도 위로를 받으니 고마
울 따름이다.

박동규 교수가 진행하는 KTV의 〈내 마음의 고백〉이라는
방송에도 출연했는데, 사랑의 쌀독과 밥차 이야기를 모두 들
은 후 진행자가 나를 본다.

"한창 잘나갔을 때와 지금, 솔직히 언제가 더 행복하십
니까?"

"지금이 훨씬 행복합니다."

방송을 마칠 때쯤 진행자가 이렇게 제안했다.

"끝으로 아내에게 영상 편지 하나 남겨주시죠."

"여보, 미안하고 사랑합니다."

나는 짤막하게 대답했다. 그런데 진행자가 내 말에 이의를 제기했다. 그 정도로는 안 된다는 것이다.

"아니, 그런 뻔한 말 말고, 진짜 마음을 표현해주세요."

생방송이었다. 전문 방송인도 아닌데 NG를 낸 것 같아 난감했다. 별수 없이 다시 영상 편지를 썼다.

"여보, 잘나가던 회장 부인을 밥차 아줌마로 만들어서 미안해요. 힘들게 해서 정말 미안하고, 또 정말 고마워. 그리고 당신을 진심으로 사랑해요."

그렇게 말하는데 뜻밖의 눈물이 터지고 말았다. 어떻게 말을 이었는지 기억이 잘 나지 않는다. 그 순간 사업이 망해서 세간살이를 거의 다 버리고 열한 평짜리 변두리 월세 집으로 이사할 때 아내가 했던 말이 떠올랐다.

"대부분은 젊어서 고생하고 나이 먹어 잘사는데, 우리는 거꾸로 젊어서 잘살고 나이 먹어 고생하네요…."

변변치 못한 살림 몇 가지를 내릴 때 아내가 흐느끼며 넋두리처럼 한 이 말은 아직도 내 가슴속에 깊이 새겨져 지워지지 않는다.

그런 아내가 지금은 여러 곳에 고장이 났다. 아내는 4년 전에 암이 발견되어 수술을 받았다. 많은 사람들이 걱정했지만 아내는 수술 후 채 한 달도 안 되어 밥차 현장으로 서둘러 돌아왔다.

다시 밥차 현장으로 돌아와 앞치마를 두른 아내를 보자 수백 명의 어르신들이 "우리 엄마, 아프면 안돼요" 하며 아내에게 꽃 한 송이씩을 안겨주고 포옹을 한다. 아내는 그들이 보내주는 뜨거운 사랑에 하염없이 눈물을 흘렸다.

최근에는 척추에 디스크가 생겼고, 갑상샘에도 의심의 정황이 포착되었다. 무거운 짐을 들어 올리고 팔다리를 많이 쓰다 보니 관절염은 아예 달고 산다. 불 앞에서 오랜 시간을 서 있으니 피부에는 각질이 생겼다. 3년 전에는 대상포진이 심하게 와서 머리카락이 듬성듬성 빠질 정도로 앓았다. 조리 중에 뜨거운 음식이 튄 자국으로 몸에는 여러 군데 흉터가 생겼다. 단 하루도 멈출 수 없는 봉사를 스스로 사명처럼 이어가고 있으니 고맙기도 하고 미안하기도 하다. 메르스가 창궐했을 때도 밥을 먹여야 한다며 밥차 운영을 멈추지 않았던 사람이다.

그런 아내를 위해 암수술을 받은 4년 전부터는 내가 아침상을 차린다. 제철 과일과 선식 등 간편한 식단으로 준비를 한다. 견과류나 시리얼을 넣은 두유에 찐 달걀이나 떡으로

간단히 먹을 때도 있다. 조찬기도회가 있어서 일찍 집을 나서는 날에도 아내의 밥상을 차려놓고 나간다. 처음에는 어색해하던 아내도 이제는 익숙해져서 "여보! 배고파요"라며 내게 아침을 차려달라고 한다. 우리 둘만의 아침을 마련하는 이 '즐겁고 행복한 수고'를 죽는 날까지 이어갈 생각이다.

올해 9월에 우리 부부는 결혼 42주년을 맞았다. 호주에 사는 아들 동연이가 해마다 결혼기념일 여행을 보내주는데, 이번에는 특별히 독일에 사시는 큰누님과 형들을 모시고 이웃나라 베트남으로 3박 4일 여행을 다녀왔다. 아내에게는 1년에 딱 한 번 주어지는, 유일한 휴가다.

자녀에게 물려줄 유산

우리 부부는 남매를 두었다. 이제 마흔을 갓 넘은 아들 동연이와 30대 후반이 된 딸 선정이다. 멀리 떨어져 살아서 생긴 그리움 때문인지 둘은 사이가 아주 좋다.

아들은 열다섯 살 때 미국으로 유학을 갔다. 내가 워낙 가난한 어린 시절을 보내서 아이들에게만은 나 같은 삶을 물려주기가 싫었다. 다행히 사업도 잘되어 뒷받침에 어려움은 없을 때였다.

아들에게 자주 해주던 말이 '코이 물고기'에 대한 것이었다. 코이 물고기는 자라는 환경에 따라 크기가 달라진다. 수족관에 넣어두면 10~20cm밖에 안 자라지만 연못에 두면 20~30cm까지 자란다. 그리고 강물에 방류하면 90~120cm

정도로 자라는 신기한 물고기다. 같은 물고기인데도 어항이라는 환경에서는 피라미가 되고, 강물이라는 환경에 내놓으면 엄청난 대어로 성장하는 것이다.

나 또한 아들이 내 궁핍했던 시절과 다른 모습으로 더 넓은 세상을 만들어가기를 원했다. 그래서 초등학교 때부터 한국일보 비둘기 소년기자 생활도 하도록 적극 밀어주었고, 바이올린도 가르쳤다. 보이스카우트와 해외 체험의 기회가 있으면 적극적으로 참여하게 도왔다. 미국의 명문 가정에 홈스테이를 보낸 적도 있다. 당시 아들을 맡겼던 집과 주변의 환경 모두가 좋았다. 아들은 호수를 끼고 있는 대저택에서 지내며 세상을 보는 눈이 달라져 있었다.

아들이 중학교 1학년 2학기 때 우리 부자는 낚시를 하기 위해 텐트를 챙겨 팔당댐 근처에서 1박을 한 적이 있다. 이런저런 이야기를 나누면서 자연스럽게 유학 이야기가 나왔다. 나는 이미 마음의 준비가 되어 있었지만 아직 어린 나이라 혼자 낯선 곳에 갈 수 있을지 마음을 떠보고 싶었다. 그런데 예상외로 아들은 유학을 보내주면 가겠다며 기뻐했다. 미리 다양한 해외 체험을 해서인지 아이는 스스로 유학을 결정했다.

지인의 추천을 받아 결정하기는 했지만 아이가 정착한 곳은 한국인이 한 명도 없는 미국 뉴햄프셔 지역의 학교 기숙사였다. 이왕이면 넓은 곳에 가서 큰 세계를 보게 해주고 싶었다. 먼 곳에 가서 새로운 세상을 경험하다 보면 삶에 대한 생각이나 그릇이 코이 물고기처럼 커질 수 있으리라고 기대했다. 그래서 최종적으로 그곳을 유학지로 선택했다.

유학을 보내고 처음에는 아들을 향한 그리움에 몸살이 날 지경이었다. 특히 아내는 더 심했다. 비행기가 지나가거나 비가 올 때, 아들 또래를 보기만 해도 아들의 이름을 부르며 울었다. 참다 참다 유학을 보낸 지 3개월 만에 아내를 데리고 아들에게 갔다. 아들은 벌써 현지 아이가 다 되어 있었다. 빨리 적응하기를 바랐던 마음 한편에 살짝 섭섭한 감정이 겹쳤지만 내 예상이 틀리지 않은 것을 확인하고 나니 돌아오는 발걸음이 한결 가벼웠다.

그런데 안타깝게도 유학을 가고 몇 년이 안 되어 IMF 외환 위기가 오면서 사업이 부도나 학비를 댈 수 없게 되었다. 아비인 내가 연대 빚보증으로 완전히 빈털터리가 되었기 때문이다. 돌아오라고 하자 아들은 고학을 해서라도 계획한 공부를 모두 마치겠다고 호언장담을 했고, 약속대로 혼자 힘으로 7년 만에 대학까지 졸업했다. 고국으로 돌아와 2년간의 군복무를 마친 아들은 한국에서 도무지 살 수 없을 것 같다고 말했다. 한국의 조직 문화가 미국과는 많이 달라 적응하기가 쉽지 않고, 여러 가지 면에서 갈등이 된다는 것이다.

첫째는 나이와 환경을 기준으로 직원이나 동료에 대한 차별이 있다고 느꼈다는 말을 했다. 업무 결과에 대한 칭찬이나 격려가 부족하고, 상대를 제대로 인정하지 않는다는 것이다. 또 하나는 융통성이라는 이름으로 쉽게 거짓말을 하도록 유도하는 문화였는데, 당연히 받아들이기 어려워했다. 충분히 그럴 만하다고 나는 이해했다.

아들이 열두 살 때였다. 무슨 연유였는지는 기억나지 않지만 아들이 내게 해서는 안 될 거짓말을 한 적이 있었다. 그때가 1월이었는데, 거짓말이 습관이 될까봐 초등학생이던 아들을 팬티만 남기고 홀딱 벗겨 아파트 문밖으로 내쫓은 적이 있었다. 아내를 시켜 입을 옷가지를 보따리로 싸서 내던졌다. 그 사건을 계기로 정직이라는 덕목이 아들의 뇌리에 박힌 듯했다.

어쨌든 능력에 의해서만 일을 처리하는 외국의 회사 분위기와는 어쩔 수 없이 비교가 되었을 것이다. 그렇게 아들은 지금까지 25년 넘게 외국에서 자리를 잡았다. 우리도 마음으로는 한국에 들어오도록 설득해서 곁에 두고 싶었지만 어릴 때부터 아들에게 들려주었던 코이 물고기의 의미를 되새기며 아들의 판단을 존중했다. 다행히 아들에게는 다섯 살 때부터 바이올린을 가르쳐 공부 외에 취미 활동을 할 수 있도록 준비시켜 놓았던 터라 지금도 아들은 한인 교회에서 연주로 섬기며 어릴 때 배운 악기로 쓰임을 받고 있다.

아들에게 특히 고마운 점은 미국에 있는 동안 학교생활을 정말 잘해준 것이었다. 학교 공부와 대외 활동도 잘했지만 교내에서 친구나 선생님과의 관계도 좋았던 모양이다. 열여덟 고교생이던 아들은 미국의 권위 있는 인명사전으로 마르퀴스 사가 발행하는 '후즈 후'에 등재되어 우리 부부를 기쁘게 했다. 당시 대통령이었던 클린턴 부부로부터 받은, 그들의 서명이 들어간 상장과 백악관의 상징인 흰 독수리가 그려진 금배지를 지금도 자랑스럽게 간직하고 있다. 이외에 여러 명의 교사들이 추천해주어 보스턴 글로브상 등을 받기도 했다.

지금 아쉬운 것이 하나 있다면, 아들딸이 아직 결혼을 하지 않아 손주를 품에 안아보지 못한 것이다. 요즘 세태이기도 하다지만 아들은 아직 결혼이 인생 계획에 들어있지 않은 것 같아 간절히 계속 기도하고 있다.

오래전 나는 아들에게 두 가지를 당부했었다. 이왕이면 배우자가 한국 여성이고 같은 신앙인이었으면 좋겠다는 것이었다. 그러나 아예 결혼에 대한 생각이 없는 것 같은 아들을 보니 아비 입장에서 너무 많은 것을 바란 것 같아 후회스러운 대목이다. 그래도 아들은 비록 멀리 떨어져 있지만 맏이로서 부모를 잘 챙겨주는 마음이 한결같아 든든하고 고맙게 생각한다.

대학을 졸업함과 동시에 줄곧 17년째 유치원 교사를 하고 있는 딸은 한때 내게 섭섭한 마음을 갖고 있었다. 어릴 때 딸은 우리 부부의 호칭에 대해서도 항의를 하곤 했다.

"오빠만 자식이야? 왜 엄마 아빠는 서로를 부를 때 동연 아빠, 동연 엄마라고 부르는 건데?"

그럴 때마다 나는 딸의 이름에 대해 이야기해준다.

"그건 오빠가 먼저 태어나서 처음에 그렇게 부르던 게 습관이 돼서 그런 거야. 네 이름이 왜 선정인 줄 아니? 아빠 이름 선구의 선 자와 엄마 이름 정숙의 정 자를 하나씩 따서 만든 소중한 이름이야."

딸에게 그 말이 큰 위로가 된 것 같지는 않다. 자기주장이

강하고 삶의 목표가 뚜렷했던 딸의 눈에 아빠는 온통 오빠에게만 집중하는 사람이라고 느꼈기 때문이다. 공교롭게도 아들이 유학을 갈 때까지는 형편이 좋아서 원하는 것은 대부분 해줄 수 있었는데 정작 딸이 중요한 결정을 내려야 했을 때는 전혀 뒷바라지를 할 처지가 못 되었다. 어린 마음에 딸은 그때 상처를 많이 받은 것 같았다. 지금 내게 아버지라고 부르는 사람이 몇 있는데, 정작 내가 낳은 사랑하는 딸과는 아들만큼 친밀하지 못한 것 같아 아직도 가슴이 아프다.

아이들에게 우리 부부는 무엇 하나 남겨줄 물질적 유산이 없다. 완전히 맨손이다. 그러나 우리 아이들은 어릴 때부터 두 가지 말을 귀에 딱지가 앉도록 들었다. 때로는 노래처럼, 때로는 입버릇처럼.

"애들아, 장사 중에서도 세상에서 가장 수지맞는 장사는 남을 돕는 거란다. 도와줘서 되돌려 받는 나눔은 하늘이 너에게 갚을 것이 없지만 되돌려 받지 못하는 사람을 도와주면 하늘이 대신 갚아주는 의미의 복을 내리므로 그것보다 더 수지맞는 장사가 없지."

"사람답게 살자. 짐승은 나눔을 모른다. 제 새끼는 생각하지만 절대로 남을 위해 먹이를 양보하지는 않는다. 하나님이 우리에게 허락하신 고귀한 삶을 그렇게 산다는 것은 불행한 일이다."

그러다 보니 아이들도 우리 부부에게 물질적으로 바라는 마음은 없는 것 같다. 다만 두 남매를 위해 내게 남아 있는 소원이 하나 있다면 그것은 '자랑스러운 아버지'가 되는 일이다. 나이가 한 여든쯤 되어 노벨 평화상을 수상하는 것이 지금 나의 유일한 소망이다. 건설 회사 회장일 때는 나 중심의 삶이었고, 물질 중심의 삶이었다. 그때와 비교하면 물질적인 면에서는 정반대의 삶을 살고 있지만 더 많은 사랑과 존경을 받으며 많은 나눔의 가족들과 더불어 살아가는 지금의 삶에 훨씬 더 만족한다. 또한 오랫동안 옆에서 봉사해준 분들과 후원자들의 수고와 헌신이 헛되지 않도록 제대로 보답하기 위해 노벨 평화상을 수상하고 싶은 것이다.

요즘도 심심찮게 정치에 입문하라며 사람들이 찾아온다. 내가 봉사하는 일에 오래 몸담으며 나름 좋은 평판을 얻고 있다고 생각해서인지 선한 일에 무임승차하고 싶은 정치인들이 더러 있나 본데, 나는 하나님의 일을 정치에 이용하려는 그 모든 것을 멀리할 것이다. 아내와 아이들, 나와 함께 하나님의 거룩한 일에 참여하는 모든 이에게 죽는 날까지 누를 끼치지 않는 진솔한 삶을 살다 가고 싶다.

보배로운 만남

내 삶에는 선한 영향을 주신 분이 참 많다. 그중에서
도 다음 세 분은 가까이에서 함께하며 내 삶의 전면에 지대
한 영향을 주셨다.

먼저 정근모 전 과학기술부 장관으로, 신장협회 회장으로
일할 때 이사장님으로 모셨던 분이다. 그 일을 하면서 내가
어떤 일을 겪었는지 누구보다도 잘 알고 있었던 그분은 내가
정말 힘들어할 때 평생 잊지 못할 조언을 해주셨다.

"이선구 회장님! 지금 하시는 이 일을 세상 사람들에게 자
랑하고 싶어서 하는 건가요? 아니면 하나님께 보여드리기
위해 하는 건가요?"

"그야 물론 하나님께서 기뻐하실 일을 하는 거죠."

"그럼 세상이 어떤 욕을 하고 모함을 하고 핍박을 해도 하나님 한 분만 바라보고, 서러워하거나 변명할 것도 없이 한 길로만 묵묵히 나아가세요. 회장님의 진심은 하나님만 아시면 됩니다."

얼마나 큰 울림으로 다가왔는지 모른다. 지금도 나는 시시때때로 그 말을 떠올린다. 봉사하다가 어려움에 빠진 이들을 보면 내가 느꼈던 감동을 그대로 전해준다. 선한 일을 하다 보면 마귀가 그 사람을 흠집 내고 훼방한다. 나처럼 사람으로 인해 상처를 받은 이들을 위로할 때면 그분의 그때 그 말씀이 정말 큰 귀감이 된다.

또 한 분은 채의숭 장로님이다. 장로님이 쓴 책인《주께 하듯 하라》에도 나와 있지만 모든 사람을 대할 때 주께 하듯 하는 삶을 사는 분이다. 내가 매일 만나는 사람은 독거노인이나 노숙인이다. 이들을 섬길 때 혹시라도 그들이 처한 형편으로 바라보지 말고 주님이 보내준 존귀한 사람으로 섬겨야 한다는 사실을 깊이 다짐하게 한 분이다. 항상 그런 자세를 유지하려고 노력하고는 있지만 사람이다 보니 자신도 모르게 느슨해질 수 있는데 그럴 때마다 그 말씀으로 삶을 채찍질하게 되었다.

사실 밥차 운영 초창기에는 정말 심각했다. 노숙인들이 밥을 먹으러 오는데 악취도 그런 악취가 없었다. 그들은 너나 할 것 없이 배설물이 뒤범벅된 차림으로 모여들었다. 그런 사람들이 가득 모여 있는 곳에 밥을 나르려니 봉사자들도 구역질이 나서 힘들어할 정도였다. 솔직히 나도 그 시절에는 노숙인에 대한 선입견을 완전히 씻어내지는 못했다. 그러던 차에 장로님이 들려주신 그 말씀은 내 삶의 자세를 완전히 바꾸었다.

마지막으로 극동방송의 김장환 목사님이다. 내가 극동방송의 운영위원을 맡고 있을 때 직접 뵙게 되었는데, 가까이에서 볼수록 늘 그분처럼 살고 싶다는 생각이 들었다. 그분의 가슴속에는 사랑만이 가득 차 있다. 온 세상을 더불어 사랑하는 분이다. 목회자의 표본처럼 보여 그분을 닮고 싶었다. 정말 본받고 싶을 정도로 존경하고 있다.

아울러 나는 한국신장협회 일을 할 때 도와주셨던 '종교계의 큰 별' 세 분을 뜨겁게 기억하고 있다. 김수환 추기경님은 평소에도 "바보처럼 살아라"라고 말씀하시며 솔선수범의 삶을 사셨다. 한경직 목사님은 평생을 "욕심내지 말라"는 말씀을 하셨는데, 지금까지의 내 삶에도 꺼지지 않는 밝은 빛이 되어 주셨다. 법정 스님은 "물처럼 살다 가라"는 평소의 말씀처럼 깨끗한 삶을 살다 가셨다.

그분들이 들려주신 평생의 가치를 한 단어로 요약하면, 하나님의 속성인 '사랑'이다. 2,000년 전 이 땅에 오시어 당신의 삶으로 우리에게 표본을 보이신 예수님의 가르침 역시 '이웃 사랑 실천'이었다. 세상 사람들은 하나님을 알지 못한다. 다만 믿는 자들의 사랑과 섬김이 세상으로 흘러들어갈 때, 그 모습을 통해 하나님의 존재를 받아들일 뿐이다. 사랑은 말에 있지 않고 삶으로, 행위로 보여주는 것이기 때문이다. 그래서 내 인생의 스승이신 그분들의 가르침을 마음에 새기고 그렇게 살려고 노력해왔다. 물론 앞으로 살아가는 동안에도 이 가르침은 내 마음에 흔들리지 않는 영원한 푯대가되어줄 것이다.

한편 나 스스로 멘토로 삼아 내 삶에서 항상 기억하고 있는 세 사람이 있다. 교사라는 평탄한 길을 가던 중에 길에 버려진 죽어가는 한 노파를 보고 가난한 자들의 어머니가 된 마더 테레사 수녀다. 자녀를 위해 사랑과 배려, 격려와 헌신을 아끼지 않은 우리네 어머니가 생각나기 때문이다.

　다른 한 사람은 흑인 노예로 태어나 과잉 수확된 땅콩을 이용해 미국 남부의 경제적 문제를 해결한 조지 워싱턴 카버다. '땅콩 박사'로 더 잘 알려진 인물이다. 그의 실험실에는 성경책 외의 자료는 없었으며, 단지 문제에 직면할 때마다 하나님께 여쭈었을 뿐이라고 고백하는 겸손한 사람이다.

　빈민가의 사생아로 태어나 죽음을 생각할 만큼 끔찍한 일들을 겪었음에도 불구하고 이를 극복하고 다시 일어나 세계에서 가장 존경받는 여성으로 떠오른 오프라 윈프리도 그중 한 사람이다.

　좋은 일을 하는 곳에 있으면 좋은 사람을 만나고, 좋은 사람을 만나면 좋은 생각을 하게 된다. 그리고 그 좋은 생각이 우리의 삶을 선한 길로, 그리고 빛으로 이끌어준다.

Chapter **4**

세계로 뻗어가는 식탁

사역의 이모저모

사랑의쌀나눔운동본부중앙회는 사랑의 빨간 밥차, 착한사업장 전국연합회, 지구촌사랑의쌀독, 강남사랑나눔이동푸드마켓, 노인행복지원센터 등 5개 사업을 통해 나눔과 봉사를 실천하고 있다. 지구촌사랑의쌀독을 중심으로 해외 35개국 지부와 국내 23곳에 지부를 설립해 선교사 및 지부장들과 함께 노숙인, 독거노인, 쪽방촌, 중증 장애 아동, 미자립 복지 시설 등에 무료 급식과 쌀, 식료품, 의류 등 생필품을 지원하며 사랑의쌀나눔콘서트를 통한 모금액 전액으로 연간 150여 만 소외 계층을 섬기는 사랑의 쌀독을 채우고 있다.

찾아가는 한 끼 식사,
사랑의 빨간 밥차

아무리 국민소득이 높아지고 자본주의 논리가 득세해도 복지 사각지대는 항상 있기 마련이다. 현재 우리나라에는 경제적, 심리적 고립감을 혼자 견디고 있는 독거노인이 140만 명에 달한다. 대부분 오늘의 대한민국을 일구어낸 주인공들이다. 이들에게 따뜻한 밥 한 끼와 함께 손을 잡아주며 지나온 삶을 인정하고 위로하는, 더불어 살아가는 따뜻한 사회를 만들어가고 싶었다. 사랑의쌀나눔운동본부의 첫걸음은 여기에서 시작되었다. 독거노인, 노숙인, 장애인 등 우리 사회의 소외 계층들에게 최소한의 식량을 돕자는 생각에서 본부를 설립하게 되었다.

설립 초기에 운동본부가 가장 먼저 시작한 활동은 국내 쌀소비를 촉진하고 소외 계층을 돕기 위해 쌀 화환을 만들어

알리는 일이었다. 현재 운동본부는 연 50만 명에게 먹을거리와 생필품을 지원하고 있고, 매월 250개 단체에 농산물 나눔을 실천한다. 독거노인, 노숙인, 장애인 등 30만 명에게 무료 급식을 제공하는 밥차를 운영하고, 지구촌사랑의쌀독을 통해 국내 23개 지부와 해외 35개 지부에서 연 20만 명 이상에게 쌀과 의류 등을 지원한다. 이동푸드마켓이라는 대형 차량을 이용해 어려운 곳을 찾아가 식료품도 무상으로 제공하고 있다. 이러한 운동본부의 '찾아가는 서비스'에는 많은 개인과 기업, 지역 기관과 병원, 그리고 자원봉사자들이 다양한 모습으로 참여하거나 협력하고 있다.

국내에는 서울역을 비롯해 인천을 중심으로 5톤 특장차인 대형 밥차 4대가 운행되는데, 주 2회 부평역, 주 1회 주안역, 주 1회 서구, 주 1회 서울역, 주 3회 장기동과 전북 4개 지역에서 무료 식사와 생필품을 제공하고 있다. 경기 화성과 전북 정읍에 지회를 두고 있으며, 전주, 군산, 고창에는 지부를 두고 있다. 연간 자원봉사자 1만여 명이 참여해 나눔과 봉사를 실천하고 있다. 특히 추석이나 설 당일에는 다른 무료 급식소들이 문을 닫기 때문에 여러 지역의 노숙인들이 집중되어 밥차는 더욱 바빠진다.

은퇴 원로 목회자의 생활 지원

　·　몇십 명 안 되는 작은 교회에서 평생 목회하던 연금이 없는 원로 목회자의 은퇴 후 생활도 지원하고 있다. 한국은퇴목회자지원재단^{한은목}을 만든 것도 그 이유에서다. 이 재단을 만든 이유는 평생을 하나님께 받은 사명을 감당하느라 노후 대비를 하지 못한 은퇴 목회자들이 하늘나라에 갈 때까지 그들의 식량만큼은 책임지고 돌보기 위해서다. 배우자가 없는 은퇴한 목사님들은 하루 한 끼도 벅찬 경우가 많다. 어떤 목회자는 내 손을 붙들고 말한다.

"이 목사, 쌀이 떨어져 일주일 내내 감자만 먹었어요."

마음이 미어져 도저히 그냥 있을 수가 없었다. 그 일을 위해 마중물이 되어준 지부장들과 자원자들이 많은데, 내 마음을 알아준 아프리카 우간다 선교사로 나가 있는 이도재 목사님이 내 카카오스토리에 이런 댓글을 달아놓았다.

"목사님이 하시는 일은 원로 목사님들의 눈물을 닦는 것이 아니라, 하나님의 눈물을 닦아드리는 것입니다."

착한 도시 만들기 & 착한 사업장 운동

•   '착한 도시 만들기' 운동도 8년째 이어지고 있는 사역인데, 착한 도시라는 이름에 대해 사람들이 묻는다.

"착한 도시 운동이 뭐 하는 겁니까?"

"착한 사람들이 사는 동네입니다."

"착한 사람들은 무슨 착한 일을 하나요?"

"요즘 대한민국의 효 문화가 점점 사라지고 있는데, 이를 회복시켜야겠다고 다짐했습니다. 어른들을 잘 섬기고 힘없는 노약자들을 잘 보살피는 일이 착한 사람들이 펼치는 착한 일입니다."

이 운동은 개인의 생일이나 결혼기념일, 기업의 창립기념일 등과 같은 기념일에 소외된 계층과 함께하는 나눔 운동이다. 기업의 이윤 일부를 사회에 환원하는 이 실천 운동으로 인해 마을이 발전하고 도시경제가 선순환함에 따라 마침내 착한 마을, 착한 도시가 형성되는 사회를 만들어간다는 취지다. 따라서 이 프로젝트는 착한 기업이나 업체를 늘려 착한 사업장들을 많이 만들어 나눔을 실천하는 착한 사람들이 많이 사는 도시로 만드는 것이다.

'착한 사업장'이란 기업이나 점포 등이 참여하는 나눔 캠페인으로 매월 약정한 금액을 '사랑의 빨간 밥차'에 기부해 어려운 이웃들에게 따뜻한 식사 한 끼의 나눔을 실천하는 착한 기업과 착한 점포를 말한다. 2012년 10월 인천시 서구 경서동에 있는 '추장군'을 시작으로 착한 사업장 운동은 2019년 10월 현재 230개의 기업 및 자영업체가 참여하고 있다.

이렇듯 사랑을 나누는 '착한 사업장' 캠페인을 통해 모인 성금과 물품은 '행복한 날 함께 나눔' 사업에 사용된다. 독거노인 합동 팔순 잔치를 비롯해 독거노인 및 노숙인들에게 인천시민이 자발적으로 참여해 맛있는 한 끼 식사를 꾸준히 제공하는 밥차 무료 급식 사업을 지원하는 것이다.

'착한 도시 만들기' 프로젝트의 일환인 '행복한 날 함께 나눔' 사업은 굶는 사람이 없는 인천을 만들기 위한 캠페인으로, 인천시민 모두가 축하받을 행복한 기념일을 맞아 한 끼가 걱정인 이웃들에게 기념일 잔치를 베풀어주는 나눔 실천이다. 회갑이나 고희 같은 기념일에 가족끼리만 밥을 먹는 것이 아니라 소외 계층과 함께 음식과 기쁨을 나누는 것이다. 실제 '독거노인을 위한 팔순 잔치'는 매년 5월 가정의 달에 인천 지역 10개 군, 구에서 혼자 지내는 어른 다섯 명씩을 추천받아 모두 50명을 초대해 팔순 합동잔치를 열어드리는 행사인데, 이 일을 5년째 추진해왔다.

'합동 팔순 잔치'는 이틀간 열리는데, 말 그대로 잔치다. 첫날은 국악 팀의 노래와 춤, 미용 팀의 얼굴 마사지와 화장과 예쁜 머리, 의상 팀의 한복이 팔순의 주인공들을 맞이한다. 그리고 음식상은 요리 명장이 손수 한분 한분 앞에 각각 상차림을 해드린다. 선물도 가방이 터질 정도로 싸드린다. 이튿날에는 효도 관광을 간다. 이때는 각 구청의 사회복지사들이 일대일로 동행한다. 이 행사를 인천에서 뿌리를 내린 다음 전국으로 확대해 효도하는 착한 도시를 만들어 나갈 계획이다.

'행복한 날 함께 나눔' 캠페인도 빼놓을 수 없다. 이 행사는 생일과 결혼기념일, 기업의 창립기념일 등 특정한 기념일을 뜻있게 보내고 싶은 사람들이 연합한 나눔의 자리다. 한 사람이 모든 것을 책임지려면 목돈이 들어가지만 이것 역시 십시일반 참여로 이루어진다. 한 사람이 밥을 내면 다른 이는 떡을 내고, 어떤 이는 과일을 내고, 또 다른 이는 소고기국과 잡채를 내는 식이다. 직접 물품을 준비해서 내도 되고, 그에 상응하는 현금을 내도 좋다. 이렇게 하면 각자 한 사람에게는 큰 부담이 없으면서도 전부 모이면 엄청난 잔치 음식이 되어 누군가를 돕는다는 보람 또한 커지고 만족은 배가 된다.

예를 들어 매년 9월이 되면 혜성디자인의 이석창 대표는 생일 턱으로 불고기를 내고, 새롬교회의 엄익철 목사는 떡을 내며, 우리 부부는 결혼기념일 턱으로 과일을 낸다. 또 12월에는 부평산곡교회 가도노 권사의 생일 턱을 비롯해 여러 사람들이 기념일 턱으로 많은 소외 계층에게 특별 메뉴를 내놓음으로써 이 운동에 동참하고 있다.

일하는 보람과 나눔의 참뜻을 공유하기를 희망하는 점포나 기업은 매월 5만 원 이상의 월정액 또는 물품을 '사랑의 빨간 밥차'에 정기적으로 후원하면 착한 사업장이 된다. 이로써 착한 사업장에 선정되면 착한 사업장 현판과 모금함을 점포에 설치하며, 운동본부중앙회에서 추진하는 각종 행사에 우선적으로 초대받고, 선물도 자주 받을 수 있고, 상도 수상하게 된다. 이 나눔 캠페인에 동참하면 참여 업체는 언론보도를 통한 연계 홍보로 매출 증가 효과와 함께 착한 사업장이라는 이미지 상승효과까지 다양한 간접 혜택을 얻을 수 있다. 이 착한 사업장은 규모에 관계없이 모든 기업과 점포가 참여할 수 있다. 이 캠페인에 동참하는 착한 사업장이 100만 개가 넘으면 전 세계가 진정으로 부러워하는 착한 도시, 전 세계에서 배우러 오는 가장 아름답고 자랑스러운 대한민국이 될 것이라 기대하고 있다.

여름이 되면 삼복더위에 지친 노인들과 장애인들이 몸보신을 할 수 있도록 전국적으로 삼계탕 나눔행사를 열두 해 동안 실시하고 있다. 물론 후원을 받아서 하는 일이다. 앞에서도 말했지만 우리나라 독거노인의 수가 140만 명이나 된다. 최다 장소에서 최다 삼계탕을 대접해 기네스북에 오를 정도였다. 또 찾아와줄 가족이 없어서 생일잔치를 못 하는 연로하신 어르신들을 위해 매월 합동 생일잔치를 9년째 해드리고 있다. 주민등록증을 확인해서 해당 노인들을 모시고 쇠고기 미역국과 떡도 대접하고 케이크에 불도 켠다. 맛있는 생일상을 넉넉하게 즐긴 후에는 조촐하게나마 축하 케이크, 양말, 쌀, 식료품, 기타 생필품들을 생일 축하 선물로 나누어 드리고 있다. 이것도 벌써 100회가 넘었다.

　그 외에도 미자립 복지 시설에 생필품을 지원하고 있으며, 중증 장애 아동 시설인 소망의집, 샬롬의집, 꿈나무의집, 로뎀의집 등에도 꾸준히 다양한 물품들을 후원하고 있다. 미자립 교회 부흥을 위해서는 사랑의 쌀독을 설치해서 구제와 전도가 균형이 잡히도록 하고 있다. 가령 예배가 끝날 때마다 20kg짜리 쌀을 2kg씩 10명분으로 쪼개 어려운 가정과 차상위 계층을 계속해서 지원하고 있는데, 구제와 전도를 동시에 하려는 마음이다. 실제로 그렇게 해서 교회가 부흥되었다는 소식을 여러 곳에서 자주 듣는다.

목사님이 믿는 예수라면
저도 믿고 싶어요

밥차를 찾는 어르신들의 나이는 대부분 65세 이상이며 밥차 이용 평균 연령은 75세다. 처음에는 65세 이상이라고 누구나 식사를 할 수 있는 것은 아니었다. 주민센터의 추천을 받은 차상위 계층과 기초생활수급자 그리고 장애인만 가능하도록 허용했다. 그러다가 그해 첫 겨울부터는 확인 절차를 아예 없앴다. 날씨를 막론하고 아침 겸 점심 한 끼를 먹으러 몇 정거장이나 되는 길을 걸어오는 이들을 자격이 안 된다고 냉정하게 돌려보낼 수는 없었기 때문이다.

우리는 밥만 드리는 것이 아니다. 그날그날 들어오는 후원 물품들을 창고에 쌓아두거나 아끼지 않고 바로바로 지급한다. 유통기한이 짧은 신선 식품은 당일 급식으로 모두 만들어 대접하고, 양이 많아 하루에 소진하지 못할 것 같으면 인근 경로당이나 미자립 교회, 혹은 다른 무료 급식소와 나눈다.

그렇게 봉사를 통해 많은 기관들, 노숙인들, 봉사자들과 얼굴을 익히다 보니 그들은 목사 안수를 받기 전부터 나를 목사라고 불렀다. 어쨌든 내 삶을 송두리째 바꿔버린 IMF가 나를 목사로 만들었다. 그리고 노숙인들과 소외 계층에게 밥 한 끼를 대접하는 이 일은 내 생애 중심부로 깊숙이 들어왔다.

현재 내가 시무하고 있는 교회는 우리 운동본부가 있는 사랑나눔교회다. 그러나 이 한곳에만 국한되어 섬기지는 않는다. 어디에나 있는 어려운 이웃이 모두 내 전담 교회다. 나는 그 어떤 학연과 지연도, 지역과 정치 성향도 초월한다. 어디에도 소속되지 않은 독립 목사로 오직 어려움을 만난 이웃을 위해 선한 사마리아 사람처럼 헌신할 뿐이다. 내가 속해 있는 유일한 교단은 소외되고 가난한 이웃일 뿐이다.

오전 11시 30분이 되면 나는 무료 급식을 하기 전에 그 자리에 모인 수백 명의 사람들과 함께 하나님께 감사드리는 식사 대표 기도를 한다.

"하나님 아버지! 우리 모두 이 음식을 먹고 건강하게 오래 살 수 있도록 건강의 복을 주시고, 이 땅에서 살아 숨 쉬는 동안 모두 예수 믿고 천국 갈 수 있게 하옵시며… 나누고 베풀 수 있는 귀한 삶을 허락해주시어 주님께 칭찬받는 우리 모두가 되도록 도와주시옵소서. 예수님의 이름으로 기도합니다. 아멘."

기도 도중 곳곳에서 아멘 소리가 터져 나온다.

2006년 밥차를 시작할 때부터 배식 전에는 항상 식사 감사 기도를 먼저 했다. 처음에는 아멘 소리가 없었는데, 점차 예수 믿겠다는 어르신들이 생겨났다. 몇 년을 같은 자리에 와서 밥을 먹고 가는 사람 중에 이런 고백을 하는 분들이 많아졌다.

"목사님, 목사님이 믿는 예수라면 저도 믿고 싶어요."

그들은 다름 아닌 예수 그리스도의 사랑이 듬뿍 담긴 따뜻한 밥으로 전도된 사람들이다. 그래서 나는 감히 전도의 일차적 비결은 '밥心'이라고 말한다. 입이 즐거워야 마음도 열리고, 배가 차야 영혼의 자리로 나아가기 때문이다. 밥을 먹는 사람은 밥 짓는 이의 사랑을 먹게 되고, 사랑으로 지은 그 밥을 계속 먹다 보면 그 마음은 쉽게 흩어지거나 무너지지 않는다. 그 많은 사람이 한 끼 밥상으로 주린 배를 채울 뿐만 아니라 복음으로 마음이 채워지는 모습을 볼 때, 그 보람과 기쁨은 이루 말로 다 할 수 없다. 육신의 밥을 먹이며 영혼의 양식을 전파하는 일이야말로 하나님이 내게 위탁하신 귀한 일이기 때문이다. 때문에 몸은 고단하나 마음은 더없이 부요하고 행복하다.

이름도 없이 빛도 없이

　"아버지, 저 어떡해요?"

한 번은 소망의집 박현숙 원장이 울면서 전화를 해왔다.

"아버지, 수술비가 4,600만 원 나왔어요."

　나보다 불과 열다섯 살 정도 아래인 박 원장은 30년째 나를 아버지라 부르고 있다. 그녀는 중증 장애인만 전담해 기르는, 예수의 마음을 지닌 향기로운 사람이다.

　다급한 사연은 이랬다. 어느 할아버지가 생후 2개월 된 여자아기를 두고 갔다. 아기 엄마가 도망갔으니 한 달만 아이를 맡아달라고 한 것이다. 부모가 있는 아이는 못 받는다고 했더니 그럼 가는 논길에 버린다고 하길래 추운 겨울 갓난아기가 얼어 죽는 것을 차마 볼 수 없어서 연락처를 받고 한 달만 맡기로 했다. 그런데 2개월이 지나도록 연락이 없자 처음 받아둔 연락처로 전화를 걸었다. 그런데 그새 번호도 다 바뀌어 연락이 닿지 않았다. 결국에는 계획적으로 아이를 버리고 간 것인데, 그렇게 4개월이 되던 때에 문제가 생겼다. 아이는 우측 폐가 다 자라기도 전에 세상에 태어난 것이다.

아이가 숨을 제대로 쉬지 못한 채 가쁘게 할딱거려서 큰 병원으로 옮겼는데 병원에서 하는 말이, 보호자가 없어서 수술을 못 하니 빨리 출생신고를 해서 보호자를 만들어오라고 했다. 그때도 어찌하면 좋겠냐고 내게 전화를 해서 부랴부랴 아이의 출생신고와 함께 호적에 올릴 아버지를 만들기로 했다. 그래서 소망의집에서 일하고 있는 이 총무의 호적에 아이를 올리기로 했다. 하나님 은혜로 소망의집에 맡겨졌으니 '은혜'라고 이름을 지어 이 총무의 딸로 호적에 올리고 수술에 들어갔다. 그 수술비가 어마어마하게 나와 내게 다시 전화를 한 것이었다. 전화를 받은 나도 잠깐 아득했지만 하나님이 주신 지혜로 여기저기 전화를 돌렸다. 세이브더칠드런에도 요청을 하고, 아산병원 사회복지과에도 연락해서 2,600만 원 정도를 모았다. 그래도 2,000만 원이나 부족했다.

그때 떠오른 사람이 바로 우리 운동본부의 홍보대사인 가수 김장훈 씨였다. 연락을 했더니 자세한 건 묻지도 않고 즉시 2,000만 원을 보내주었다. 은혜를 퇴원시키던 날 그와 함께 병원에 갔다가 김장훈 씨는 졸지에 은혜의 아버지가 되고 나는 할아버지가 되었다. 그 사실이 알려져 다큐멘터리 방송을 찍게 되었다. 김장훈 씨가 숨겨 놓은 딸이 있다는 것을 시작으로 은혜를 둘러싼 이야기가 조명되면서 기부 천사 김장훈 씨의 숨은 미담이 전국으로 알려지게 되었다. 그 후 수년 동안 김장훈 씨는 은혜 생일 때마다 찾아가며 물심양면으로 후원을 해주었다.

우리는 하나님의 은혜로 생명을 구한 은혜를 선교사로 키우고 싶었다. 그런데 안타깝게도 은혜는 염색체 이상으로 다운증후군 판정을 받았다. 부득이하게 그 꿈은 접었지만 아직도 우리를 보면 "아부지, 하부지"라고 부르며 따르고 있다. 은혜는 지금 열세 살이 되었다.

나는 선한 일에도 등급이 있다고 생각한다. 소망의집 박현숙 원장은 감히 특등급이라고 말하고 싶다. 전혀 움직일 수 없어 대소변까지 받아내야 하는 중증복합 장애인을 몇십 년

씩 온전히 보살피고 있다. 박 원장이 도맡아 보살피는 아이들은 웬만한 사회복지 장애시설조차 포기한 아이들이다. 하루에 소망의집 천사들이 쓰는 기저귀가 90개, 돈으로 치면 한 달에 무려 400만 원이 기저귀 값으로 들어간다.

소망의집을 비롯해 샬롬의집, 로뎀의집, 꿈나무의집 등 중증 장애인을 돌보는 곳들이 많다. 그래서 맛있는 음식을 먹으면 저절로 그들이 눈에 밟힌다. 그래서 물품이나 먹을거리 후원이 들어오면 가장 먼저 그들에게 보내고 있다.

이름도 없이 빛도 없이 장애인들을 섬기려 주머니를 털고 기부의 마중물이 되어준 사람들은 일일이 열거할 수 없을 정도로 많다. 그래서 우리는 매년 11월 마지막 주 토요일에 사랑의쌀나눔대상 시상식을 연다. 2019년, 올해가 열두번 째 대상 시상식이다. 국가와 소외 계층을 위해 자신을 희생하거나 양보하고 나눈 아름다운 사람들을 발굴해 큰 상과 부상으로 힘껏 칭찬하는 날이다. 요한일서 3장 말씀이 가슴을 울린다.

자녀들아 우리가 말과 혀로만 사랑하지 말고 행함과 진실함으로 하자.

비우면 나눌 수 있다

"목사님, 보시다시피 우리가 지금 누굴 후원할 처지
가 아닙니다."

밥차를 운영하다 보면 다양한 자원봉사자들이 오는데 생
각보다 교회 참여도가 낮다. 그럴 때마다 나도 꼭 하는 말이
있다.

"목사님! 제가 10여 년간 밥차를 운영하며 체험한 것이 있
는데, 바로 베풀어야 돌아온다는 것입니다. 우리가 지금 딱한
처지라고 외부로부터 받으려고만 한다면 우리는 늘 이 모습
일 수밖에 없습니다. 없을수록 적게라도 베푸십시오. 그러면
하나님이 그 부족함을 채워주십니다."

개교회에 다양한 행사가 많고 구제 사업이 많다고는 하지만 이럴 때 교회들이 돌아가면서 밥차에 한 끼씩만이라도 함께해준다면 훨씬 풍성한 자리가 되지 않을까 생각한다.

교회뿐만이 아니다. 강연이나 설교를 가서 후원을 독려할 때 나는 모두 눈을 감으라고 한다. 그리고 일시금으로 후원한 것 외에 1,000원이든 10,000원이든 수년 동안 실제로 정기적으로 꾸준히 후원과 봉사를 하고 있는 사람이 있으면 손을 들어보라고 한다. 손을 든 숫자는 예상과 많이 어긋난다. 우리는 흔히 주변에 기부 문화가 꽤 많이 퍼져 있다고 생각하지만 현실은 그렇지 않다. 손을 든 사람은 많아야 100명 중 두서너 명뿐이다.

이런 우리의 기부 현실을 말해주면 사람들이 흔히 하는 말들이 있다.

"목사님, 저도 마음으로는 하고 싶은데 여기저기 이미 하는 데가 많아서요."

나와 자기 가족을 챙기는 일에는 부족함이 없지만 이웃을 보살피는 시야는 매우 좁다는 생각이 들기도 한다. 자칫 가족 이기주의, 내 소속 이기주의에 빠지지 않으려면 마음의 시야를 넓힐 필요가 있다고 생각한다.

최근 많은 사람이 여러 기관에 후원한 후원금이 제대로 쓰이지 않아 환멸을 느껴 기부를 중단했다는 이야기를 간혹 듣는다. 그럴 때는 기부를 중단할 게 아니라 정직하게 이웃을 위한 일에 온전히 쓰는 곳을 찾아서 기부해야 옳다. 나만 보는 1인칭 사회에서 너를 살피는 2인칭 사회로, 더 나아가 우리 전체를 보살피는 3인칭 사회로 나아가면 좋겠다. 우리 모두가 더불어 나누며 함께 사는 사회가 진정 착한 도시가 모인 선진국이 아니겠는가.

그러나 감사한 측면도 있다. 정기적으로 기부를 하는 사람은 아직 많지 않지만 그들은 이미 나누는 기쁨을 알아버렸기에 점점 기부처를 확대해나간다는 점이다. 그 기쁨을 아는 사람들이 나눔의 규모를 늘려나가는 것을 보면 기부는 분명 하나님이 기뻐하시는 일이며 축복의 통로임을 알 수 있다.

이제는 '우리끼리'라는 말이 통용되는 시대가 아니다. 앞으로는 '우리 함께'라고 생각을 바꿔야 할 시대가 되었다. 더불어 살아가는 삶의 문화로 말이다. 우리 기독교는 초대교회처럼 고아와 과부를 돌보던 디아코니아 구제 정신을 이어가야 하는, 거룩한 과제를 수행해야 하는 사람들이다. 크리스천들이 먼저 솔선하고 자원해 소외된 어려운 이웃들의 친구가 되어 주어야 할 것이다. 쉬지 않고 그 일에 쓰임을 받다 보면 내가 준 것보다 받는 것이 훨씬 더 많다는 것을 분명히 느낄 수 있다.

하나님이 늘 우리를 향해 등잔과 기름과 불을 준비하고 계심을 본다. 그런데 정작 불을 붙일 심지가 많지 않은 것 같아서 안타깝기만 하다. 하나님께 쓰임을 받으려고 소망을 품었다면 내게 맡기신 오늘의 작은 일에 충성하는 것이 먼저다. 오직 하나님만 바라보고 국가와 민족, 교회를 열심히 섬기며 사랑하면 나머지는 하나님이 친히 이끄시기 때문이다. 교회가 성도들, 그리고 소외된 이웃들과 관계를 맺는 방법은 지역마다 다를 것이다. 그러나 이웃을 향해 나아가려는 노력만 있다면 교회의 수많은 인적 자원은 참다운 나눔의 통로가 되어줄 것이다.

땅끝 어디에도
밥 굶는 사람이 없게 하라

•   지구촌사랑의쌀독은 사랑의빨간밥차보다 훨씬 먼저
생겼다. 사랑의쌀독을 만들게 된 계기는 한 권의 책이었다.
경주 최부잣집이 400년 동안 나눔을 이어온 일에 대한 책인
데, 이 책을 처음 읽은 것은 약 20년 전이었다. 책에 의하면
최부잣집 대문 앞에 바로 그런 쌀독이 있었다고 한다. 그 쌀
독은 배고픈 사람들이 누구나 열고 퍼갈 수 있게 되어 있었
다. 사방 100리 안에 굶주리는 사람이 없게 하라는 것이 최
부잣집의 유훈이라고 한다. 일제 강점기와 한국전쟁 때 부르
주아다 뭐다 해서 재산이 있는 집 사람들을 잡아가거나 총살
할 때 동네 사람들이 몇 겹으로 최부잣집을 에워쌌다는 기록
이 있을 정도다.

"최부자 가문은 손대지 마라. 여기는 우리가 굶주리고 죽어갈 때, 흉년일 때 우리를 살려주고 목숨을 지켜준 마을의 수호신처럼 고마운 집안이다. 우리를 다 죽이고 그들을 죽이든지 해라."

그래서 경주 최부잣집의 명맥이 끊어지지 않고 400년을 내려올 수 있었다고 한다. 그래서 우리도 그 의미를 이어받는 마음으로 사랑의쌀독을 곳곳에 설치하게 된 것이다. 연말 나눔대상 시상 때 '경주 최부자상'이 있는데, 우리의 의도를 그들도 알기에 그때는 경주 최부자 중앙종친회에서 직접 사랑의쌀독을 위해 크게 공헌한 분들에게 상을 수여한다.

하나님이 주신 봉사의 일에 쓰임받을 때 나는 다음 두 가지를 바탕으로 하고 있다. 첫째, 진정한 사랑을 나누며 죽기까지 변질되지 않는 순수한 주님의 사랑을 닮아가겠다. 둘째, 나눔을 지구촌 곳곳으로 확산시키겠다. 하나님은 마태복음 25장과 빌립보서 4장을 통해 지극히 작은 자에게 한 것이 아버지께 한 것이며, 내게 능력 주시는 자 안에서 내가 모든 것을 할 수 있다고 말씀하셨기 때문이다.

하나님이 허락하신다면 나이 여든이 될 때까지 앞으로 10

년은 끄떡없이 성실한 봉사자가 되려고 한다. 그런 다음 하나님의 뜻과 내 순종의 발걸음을 잘 이해하는 이가 다음 2대 이사장이 되어 하나님의 거룩한 사업을 계속 이어갔으면 좋겠다.

나는 나눔 운동의 실체가 아니다. 단지 부름을 받은 설계사이거나 심부름꾼인 택배기사일 뿐이다. 모든 일은 내 마음대로 되지도 않고 내가 주인공도 아니다. 밥차 같은 사회사업은 모두 자원봉사자들과 후원자들의 따뜻한 손길이 모이고 모여서 이루어진다.

이곳저곳에서 강연을 할 때마다 너무 빤한 것 같지만 나는 꼭 이 질문을 한다.

"여기에 밥 안 먹고 사는 분 있으면 손 들어보세요."

당연히 손을 드는 사람은 없다. 밥 대신 다른 좋은 것을 먹는 경우는 있어도 밥 안 먹고 살 수는 없다. 생명이 있는 한 우리는 누구라도 반드시 음식을 먹어야 산다. 살아 있는 이들에게 밥은 곧 생명이다. 밥을 먹어야 좋은 일이든 어려운 일이든 할 수가 있기 때문이다.

밥차에 오는 분들은 눈이 오나 비가 오나 태풍이 오나 한 번도 빠지지 않는다. 그러면 나는 걱정이 되어 묻는다.

"어르신, 오늘 같은 날은 힘든데 댁에 계시지 어떻게 여기까지 식사를 하러 오셨어요?"

"목사님, 목사님은 비바람 치고 눈 오면 밥 안 잡숴요?"

"그럴 리가 있나요."

"목사님, 춥고 배고픈 것 중에 뭐가 더 참기 힘든 줄 아세요? 배가 고프다 못해 창자가 뒤틀리는 거예요. 배고픈 게 세상에서 제일 고통스러운 일이에요."

그런 말을 들을 때마다 봉사의 방향이 흔들리지 않도록 나 자신을 다잡곤 한다. 밥 한 끼가 별것 아니게 보일 수도 있지만 밥 먹이는 일이 생명을 지키는 일이고 따뜻한 위로이며 더불어 살 수 있는 아름다움 사랑과 소통인 것이다. 밥은 마음을 열게 하고 사랑하게 만든다.

가끔 40kg짜리 쌀을 끙끙거리며 끌고 오는 사람이 있었다.

"제가 수년간 목사님께 따뜻한 밥을 얻어먹었는데, 이제 취직을 했어요. 별것 아니지만 이거라도 밥차에 보태주세요."

본인은 별것 아니라고 겸손해하지만 받기만 하던 사람이 베푸는 사람으로 발전했을 때의 감사와 기쁨은 옆에서 경험해보지 않은 사람은 모른다.

그뿐이 아니다. 장애로 거동이 어려운 성도가 CGN 방송의 〈하늘빛 향기〉에 출연한 나를 보고 PD를 통해 연락을 준 적이 있었다. 거동을 못 하니 직접 집으로 와달라는 부탁이었다. 그래서 찾아갔더니 쌈짓돈이라며 수십 개의 봉투를 내밀었다. 혼자 방송을 보며 은혜를 받을 때마다 십일조니 감사헌금이니 하며 돈을 봉투에 담아 모아놓은 것이라고 했다. 펼쳐보니 무려 170만 원이나 되는 거금이었다. 눈물이 핑 돌았다. 어려운 이웃의 마음을 알아주는 사람은 역시 같은 어려운 이웃이다.

운동본부가 지켜나가고 있는 밥을 통한 나눔 실천의 취지는 크게 세 가지로 요약할 수 있다.

첫째, 그리스도의 근본정신에 입각한 것으로, 예수님이 이 땅에 오셔서 제자들에게 당부하신 '땅끝까지 이르러 증인이 되라'는 말씀에 순종하기 위함이다.

둘째, 전통적으로는 '반경 100리 이내의 마을에 밥 굶는 사람이 없는' 더불어 살아가는 삶을 살았던 경주 최부잣집의 유훈을 지켜가기 위함이다.

셋째, 먼저 깨달은 이들이 해야 할 것은 '지배'가 아닌 '봉사'임을 증명하기 위함이다. 아울러 대접을 받는 이들은 당당하고 감사하게 섬김을 받고, 대접하는 이들은 봉사할 수 있음을 더 기뻐하는 겸허한 마음 자세를 갖길 바란다.

슬픔은 나누면 반으로 줄고, 기쁨은 나누면 두 배로 커진다는 격언이 있다. 우리 조상은 예로부터 슬픔을 나눌 줄 아는 민족이었다. 작은 물방울이 모여 바다를 이루듯 아주 작은 정성이라도 함께해 나간다면 배고픔과 외로움 대신에 모두가 행복한, 보다 아름다운 세상이 열릴 것이다. 앞으로도 운동본부는 제2의 도약을 위해 다음의 캐치프레이즈를 실천해나갈 것이다.

나눔은 자발적으로,
드림은 쉬지 않고,
봉사는 조용히,
섬김은 겸손하게,
지경은 전 세계로!

목사님, 저도 북한에 데려가주세요

우리 운동본부에는 다양한 공문들이 속속 들어온다.
"안타깝고 불쌍한 분들인데, 목사님의 기관에서 쌀을 좀
도와주면 좋겠습니다."

당연히 우리는 지체하지 않는다. 이러한 방식으로 우리를
통해 쌀을 가져가는 사례가 전국적으로 한 달에 약 35,000
건 정도 된다.

'사랑의 빨간 밥차'는 현재 전국적으로 열한 군데에서 운
영되고 있다. 앞으로 밥차의 비전은 전국 16개 시도 연합회,
그다음에는 265개 각 시군구에 지부를 두어 밥차를 최소한
스무 대 이상 운영하는 것이다. 이것만도 대단하다고 말하는
사람들이 있지만 이는 최종 목표가 아닌 1차 목표에 지나지

않는다. 밥차 한 대당 연간 10만 명의 인원을 소화할 수 있으니, 밥차가 스무 대 운영되면 200만 명의 식사를 책임질 수 있다는 계산이 나온다. 그다음은 북한에 굶주린 내 형제들과 쪽방촌이나 중증 장애로 고통받는 이들, 또 차상위 계층을 통틀어 연간 약 1천만 명에게 쌀과 밥을 나눠 주면 대한민국 소외 계층의 굶주림은 어느 정도 해소되지 않을까 싶은 것이 소망이고 기도다.

그런데 언제부터인가 내 어깨를 무겁게 하는 곳이 있다. 바로 북한이다. 내게 마지막 남은 사명이 있다면 북한에 밥차를 여러 대 가져가서 굶주린 동포들에게 따뜻한 밥을 먹여 그들의 마음을 여는 것이다. 전쟁은 마음을 굳게 닫고 상대의 것을 빼앗으려 하기 때문에 일어난다. 배가 불러야 마음도 열린다. 따뜻한 밥을 주고 아픈 사람을 치료해주고, 추운데 떨고 있는 사람에게 따뜻한 옷을 입히면 마음을 열지 않을 사람이 없다. 빼앗으려 하니 미움도 생기고 증오도 생기고 전쟁이 일어나는 것이다. 베푸는 마음으로 상대를 대하면 결코 그런 일이 일어날 수 없다.

함경도를 비롯한 북한의 상당 지역이 굶주림으로 허덕이고 있다는 것은 자명한 사실이다. 그러나 우리나라의 정서상 북한에 쌀을 줄 경우 그것이 군대의 전투식량으로 빠진다고 생각해서 반대가 많다. 그런 이유로 정부도 공식적으로 나서서 도와주지 못하는 것이다. 그럴 때를 대비해 우리 밥차가 필요하다.

순수 민간단체인 우리가 북한에 직접 밥차를 가지고 들어가면 의심할 여지가 없어진다. 직접 밥을 지어 낙후된 곳의 주민들에게 배식하면 어떤 오해도 살 일이 없다. 누군가가 첫발을 내디디면 동참하는 분위기도 자연스럽게 확산될 것이고, 우리뿐만 아니라 많은 단체가 인도적인 차원에서 밥차를 지원하길 원할 것이다. 특히 북한에 고향을 둔 실향민들은 더욱더 참여하고 싶을 것이다. 이미 그런 이야기가 여기저기서 논의되고 있다는 것을 아는 사람들이 내게 부탁을 해온다.

"목사님, 북한에 밥차가 가게 되면 저도 봉사하고 싶으니 꼭 데려가주세요."

소 떼를 끌고 가는 것도 아니고 단순히 쌀을 싣고 가는 것도 아니다. 따뜻한 밥을 대접하러 가는 것이다. 밥차 군단을 보내는 이 일을 위해 일선 공무원들의 심도 있는 의논과 결단이 있기를 간절히 바라며, 어려운 이웃을 생각하는 국민의

합의와 후원 또한 계속 이어졌으면 좋겠다.

　그런 차원에서 우리 운동본부는 또 다른 꿈을 꾼다. 북한의 굶주린 어린이들에게 따스한 밥을 지어주고, 헐벗고 병약한 노인들에게는 온 국민이 함께하는 뜨끈한 '통일의 삼계탕'을 대접하는 그 날이 속히 오기를 기대해본다.

소망이 된 이름과 별명들

이사장, 목사, 아버지, 쌀 산타, 앵벌이, 심부름꾼, 택배기사까지 이 모든 명칭은 남들이 부르는 호칭이거나 나 스스로 다짐하는 나의 이름이자 정체성이다.

여러 단체를 만들어 앞장을 섰으니 '이사장'이라는 호칭은 오래전부터 들어왔다. 하나님은 그 일이 하나님께로부터 왔다는 사실을 잊지 않게 하기 위해 나를 '목사'로 만드셨다. 내 나눔의 길에 큰 동역자가 되어 주신 분들은 오히려 나를 '아버지'라고도 부르고, 어떤 이들은 쌀 나눔 배달을 시작으로 밥차까지 차리게 되었다고 해서 '쌀 산타클로스'라고도 부른다. 그리고 내가 온종일 얼마나 많은 후원자를 만나고 있는지 아는 사람들은 좋은 의미의 '앵벌이'라고도 부른다. 물론 어느 것 하나도 거북하거나 불편한 이름이 없다.

"어이, 나라에서 지원받은 거 작작 좀 떼먹고 반찬 좀 잘 만들어요."

가끔 이렇게 얼토당토않은 말을 듣기도 한다. 우리가 정부 지원금을 받아서 밥차를 운영하는 줄 알고 반찬의 질을 더 높이라는 뜻으로 한 말이다. 처음에는 마음에 상처가 되었지만 이제는 그러려니 한다. 소리 높여 항변할 것도 없이 묵묵히 일하노라면 해결된다. 그런 사람은 나중에 다시 찾아와서 정중히 사과한다. 정부 보조나 지원금이 전혀 없이 순수하게 일반인들의 후원으로만 운영되고 있다는 사실을 같이 밥 먹는 사람들에게 전해들은 것이다.

다시 말하지만 밥차는 국가기관 지원이 일절 없다. 밥차는 사회복지사업법상 사회복지 시설이 아니기 때문에 지원 대상이 아니라고 한다. 사회복지사업법이 처음 생긴 지는 50년이 다 되어가는데 밥차는 불과 10여 년밖에 되지 않았기 때문이다. 우리는 100% 개인과 기업의 후원을 받아 밥을 제공한다. 공교롭게도 유통기한이 촉박한 식품들이 겹쳐서 후원되거나 후원 물품이 평소보다 너무 많은 날은 밥 먹는 사람들이 복 터지는 날이 된다. 없을 때는 없는 대로, 많을 때는 많은 대로 그날그날 함께 먹으며 모두 소진한다.

나는 앵벌이의 삶을 멈추고 싶지 않다. 누군가를 착취해서 내 배를 불리는 악덕 앵벌이가 아니라 밥을 굶거나 사랑이 고픈 지구촌 사람들 곁에서 그들과 함께하는 '세계적인 앵벌이'를 꿈꾼다. 내가 노벨 평화상을 받고 싶다고 말하면 대부분 의아해하거나 꿈같은 이야기라며 웃어 넘긴다. 나라고 그 웃음의 의미를 왜 모르겠는가. 그러나 그런 반응은 내가 왜 그 상을 받고 싶은지 까닭을 알지 못하기 때문에 나오는 것이다.

무익한 종이 마땅히 해야 할 일을 했을 뿐인데, 이제 와 새삼스럽게 세상에 이름을 떨치고 싶어서가 아니다. 하나님은 항상 우리 곁에 우리의 할 일을 남겨두신다. 소외되고 넘어져 있는 형제와 자매들을 돕는 일이다. 노벨상을 받으면 상금도 많지만 우리 밥차가 하는 일이 전 세계에 알려져 후원자와 봉사자도 엄청나게 늘어나 세계 곳곳에 사랑의빨간밥차를 운영할수 있게 되기 때문이다.

나는 앞으로도 향후 10년을 맡아 순종할 예정이지만 누가 후임자가 되든 그가 운영비 때문에 동동거리지 않고 일할 수 있도록 그 바탕을 든든하게 준비해주고 싶다. 돕고 싶은 이웃을 보았을 때나 도와달라는 요청을 받았을 때, 망설이지 않고 마음껏 도울 수 있는 재원을 마련해주고 싶다. 그래서 나뿐만 아니라 나와 함께 이 일을 하는 이들이 모두 '사회적 아버지'의 역할을 잘 감당할 수 있도록 땅에 떨어져 자신이 썩을 때 수천 배의 결실을 맺는 밀알처럼 든든한 밑받침이 되고 싶다.

우리 밥차뿐만 아니라 중증 장애인을 보살피는 기관들을 비롯해 세상의 따뜻한 손길을 기다리는 곳이 너무나 많다. 큰돈을 기부하는 일도 물론 좋지만 일회성보다는 적은 돈이라도 정기적으로 꾸준히 후원하는 이들이 점점 많아진다면 그보다 더 고마운 일이 없겠다. 꼭 그렇게 되기를 간절히 바라며 24시간 몸을 사리지 않고 헌신하는 직원들이 고맙고 감사하다. 다른 무엇보다도 열심히 사명감을 갖고 땀 흘려 일하는 그들의 월급이 밀리는 일만은 없었으면 좋겠다.

하나님은 나를 나 이상으로 세워주셨고 사용하셨으며 응답해주셨다. 내게 수많은 이름과 칭찬이 있다 해도 내가 하는 일의 유일한 고용주는 하나님이시며 나는 그 회사의 말단 직원에 불과하다. 내가 지금 하는 일과 쌓인 물품들은 어제도 오늘도 내일도, 어느 한순간도 내 소유가 아니다. 나는 그저 하나님께 받아서 하나님이 전해주라고 하는 곳에 밥과 사랑을 전달하고 배달하는 소임을 맡았을 뿐이다.

그래서 나는 평생을 하나님의 택배기사로 살고 싶다. 택배기사에게 할당된 물건은 그 어떤 것도 그의 소유가 아니다. 받은 것을 그대로 전하는 전달자일 뿐이다. 택배기사가 주인이 있는 물건을 탐내는 순간 그 사람은 도둑이 되고 만다. 내 것은 하나도 없지만 모든 것을 내게 맡기신 하나님의 직장에서, 새로운 곳에서의 영원한 생명으로 부르실 때까지 지금처럼 전달자의 삶을 살아가고 싶다. 그래서 내 명패의 마지막 이름은 '성실한 이선구 택배기사'가 될 것이다.

세상에 보내는 편지

아직도 우리 주변에는 급변하는 변화의 물결을 인지하지 못한 채 살아가는 '변맹變盲형'기업이나 개인들이 있다. 변맹이란 단어가 생소하게 느껴지는가? 한자 그대로 변화를 보지 못한다는 뜻이다. 세상은 디지털로 변하는데 많은 사람이 아직도 아날로그 또는 그 중간 정도인 '아나털 사고'를 갖고 있기 때문이다. 과연 나는 변맹형인지 아니면 변화를 잘 구별할 줄 아는 '변화감별사變化鑑別師형'인지를 한번쯤 생각해 보았으면 좋겠다.

우리 주변을 둘러싼 환경은 수많은 변수를 갖고 있다. 오늘까지 잘되던 장사가 내일부터 내리막길로 치달을 수도 있다. 이러한 외적 변수들은 앞으로 더 많아질 것이다. 성공의 관건은 이 외적 변수를 얼마나 빨리, 얼마나 잘 읽어내고 대처하는가에 달려 있다고 해도 과언이 아니다. 당연히 변맹은 이 외적 변수를 읽지 못하거나 왜곡해버린다.

그렇다면 기업이나 구성원들이 변맹이 되지 않으려면 어떻게 해야 할까? 배를 타고 가다가 남태평양 한가운데에서 조난을 당했다고 가정해보자. 나는 다행히 물, 지도책, 나침반, 기름 등의 비상용 물품을 갖고 있다. 그럼 나는 내가 원하는 곳으로 갈 수 있을까?

기업체에서 강의하는 도중에 이런 질문을 하면 대부분이 나침반과 지도책도 있고, 연료도 있으니 갈 수 있을 것 같다고 이야기한다. 그러나 틀렸다. 나는 내가 원하는 곳으로 가지 못한다. 그 이유는 현재의 내 위치를 모르기 때문이다. 망망대해에서 자신의 위치가 파악되지 않으면 제아무리 정확한 지도도, 나침반도 아무 소용이 없다. 기업이나 구성원들이 변맹이 되지 않으려면 자신의 현 위치를 파악하는 일부터 해야 한다. 그러자면 자신을 제대로 돌아보는 용기가 필요하다. 조금은 속이 상하고 인정하기 거북하겠지만 자신을 정확히 파악하는 일은 반드시 거쳐야 한다. 자신의 위치는 자신이 가장 잘 알기 때문이다.

어려운 이웃을 돕고 싶다며 꽤 많은 양의 물품을 보내주겠다는 전화를 수시로 받는다.

"목사님, ○○을 100박스 보내드리고 싶습니다."

"감사합니다. 그런데 사장님, 우리는 먹여야 할 가족이 많습니다. 괜찮으시다면 아예 1,000박스 보내주시면 감사하겠습니다."

이런 내 대답에 전화를 건 쪽은 할 말을 잊은 듯한 상태가 된다. 왜 안 그렇겠는가. 어렵게 용기를 내서 적지 않은 물량을 후원하겠다고 했는데, 이사장이라는 사람은 물건 맡겨놓은 사람처럼 어이없게 무턱대고 더 많이 달라고 하니 말이다. 그것도 열 배나 달라고 하니 얼마나 황당했을지 짐작이 간다. 그러나 진정 나눔을 아는 사람은 곧 내 말에 수긍한다.

"네, 알겠습니다. 그럼 1,000박스 보내드리겠습니다."

내가 세상 물정을 몰라서 무작정 그렇게 요구하는 것이 아니다. 베풀고 나누는 일을 사랑하시는 하나님의 인격과 축복을 믿기 때문이다. 놀라운 일은 그 후원 업체에서 1년 후에 다시 전화가 온다는 것이다.

"목사님, 이번엔 1,200박스 보내드리겠습니다."

그다음 해에도 또 전화가 온다.

"목사님, 올해는 2,000박스 보냅니다."

무슨 일 났냐고, 회사가 얼마나 잘나가길래 그러냐고 물을 필요도 없다. 이것이 하나님의 법칙이고 아버지의 사랑이다. 하나님은 누구를 통해서든지 땅끝까지 밥 굶는 사람이 없게 만들고자 하신다. 그 일에 순종하는 사람이 쓰임과 채움의 복을 받을 뿐이다.

지금은 '떡 다섯 덩이와 물고기 두 마리가 든' 내 작은 도시락을 하나님께 드리는 소년의 마음이 우리 모두에게 필요한 때다. 나 혼자 한 끼 먹고 사라져버릴 도시락을 하나님 앞에 내어놓을 때, 하나님은 내 전부인 한 끼 도시락을 통해 굶고 있는 5천 명의 허기를 채우고도 열두 광주리가 넘치는 풍요로운 내일을 기대하게 만드신다. 내 삶을 내가 설계하지 말고, 내 지경을 내가 그리지 말고, 하나님이 내 삶을 설계하시게 하고, 하나님이 내 지경을 넓히시게 내어드리길 소망해본다.

나 하늘로 돌아가리라

모든 시간은 하나님의 것이다. 모든 사람이 자기의 시간을 자기 뜻대로 살다 가는 것 같지만 깨닫기만 한다면 누구라도 하나님께 붙들려 하나님이 부여하신 역할을 살다 가게 된다.

마태복음 25장을 보면 "의인들은 주께서 주리고 목마르신 것을 보고 음식과 마실 것을 대접했으며, 나그네 되신 것을 보고는 영접했으며, 헐벗으신 것을 보고 옷을 입혔으며, 병드신 것이나 옥에 갇히신 것을 보고는 가서 뵈었다"고 말씀한다. 그러나 정작 그들은 예수님께 자신들은 그런 적이 없다며 겸손하게 반문한다.

"주여, 우리가 어느 때에 그랬나이까?"

그러자 주께서 대답하신다.

"내가 진실로 너희에게 이르노니 너희가 여기 내 형제 중에 지극히 작은 자 하나에게 한 것이 곧 내게 한 것이니라."

그 주님의 말씀이 귀와 마음에 들어온 사람은 아버지의 음성을 알아듣는 자녀이기에 목자의 음성을 따르는 양과 같다. 목자 앞에 내 고집을 내려놓고 아버지의 음성에 순종할 때 우리는 온전히 하나님께 속한 사람들이 된다.

너희 소유를 팔아 구제하여 낡아지지 아니하는 배낭을 만들라

곧 하늘에 둔 바 다함이 없는 보물이니 거기는 도둑도 가까이

하는 일이 없고 좀도 먹는 일이 없느니라.

누가복음 12장 33절 말씀이다. 작은 것부터, 바로 오늘 이 자리에서 시작하면 된다. 내일 일도 알 수 없는 우리가 어찌 나중에 여유가 생겼을 때 하겠다고 말하는가. 나보다 더 나은 다른 누군가가 할 것이라며 외면하지 말고, 아주 작은 것이라도 습관처럼 늘 베푸는 것이 참된 나눔이다. 언젠가는 하겠다는 수만 가지 착한 일을 열망하지 말고, 내 눈에 보이고 내 귀에 권유받은 작은 일 하나에 순종하는 것이 옳은 길

이다. 내가 행동하는 오늘의 작은 일 하나를 하나님은 역사로 만들어가시기 때문이다. 하나님과 동행하는 삶을 살려면 주변을 통한 인도하심에 귀를 기울이고, 내 눈에 보이고 내 귀에 들리며 권함을 받은 대로 행하면 된다.

오직 우리에게 허락하신 지금 이 순간이야말로 우리의 삶을 복된 삶으로 만들 수 있는 귀한 시간이다. 마음의 가난인 외로움과 육신의 가난인 배고픔에 누군가는 귀를 기울여야 한다는 마음으로 지금까지 달려왔다. 그렇게 달려온 그 길을 이 책을 읽는 여러분과 함께 계속 달려가고 싶다. 세계 곳곳에서 활동할 빨간 밥차와 함께.

귀천 歸天   천상병

나 하늘로 돌아가리라
새벽빛 와 닿으면 스러지는
이슬 더불어 손에 손을 잡고,

나 하늘로 돌아가리라
노을빛 함께 단둘이서

기슭에서 놀다가 구름 손짓하면은,

나 하늘로 돌아가리라
아름다운 이 세상 소풍 끝내는 날,
가서 아름다웠더라고 말하리라…

소풍을 나왔다는 것은 떠나온 집이 있다는 것, 다시 돌아
갈 집이 있다는 의미가 아닌가. 천상병 시인의 시구처럼, 그
의 삶이 전해준 발자취처럼, 기쁨과 감사를 놓지 않으리라.
소풍 시간이 끝났다는 호루라기 소리를 듣는 그 순간까지,
하나님이 숨겨놓으신 귀중한 보물들을 찾아 섬기며 이 소풍
을 마음껏 즐기기라.

"하나님 아버지!"
"내 아들 선구야, 이제 왔구나!"
"아버지 아들 선구, 제게 맡겨주신 택배 모두 잘 전달하고
돌아왔습니다."